Las hermanas Alba

Álex Oviedo

Las hermanas Alba
Copyright © 2019 Editorial Raíces Latinas
Copyright © 2019 Álex Oviedo
De la primera edición: Bassarai, 2009

editorialraiceslatinas@gmail.com raiceslatinas@verizon.net
http://editorialraiceslatinas.blogspot.com/

ISBN-13: 978-0-9600795-3-7
ISBN-10: 0-9600795-3-X

Ilustración de portada: © Alain Urrutia
Foto de contraportada: © Miguel San Cristóbal

Las hermanas Alba

Álex Oviedo

Editorial Raíces Latinas

A Isa e Itxi.

La imaginación es el don de describir como hecho
lo que en realidad no ha sucedido

Oscar Wilde

1

Cuando cayó en mis manos la historia de las hermanas Alba, yo no estaba pasando por un buen momento creativo. Todo lo contrario: me encontraba en ese intervalo incierto que media entre apostar por la literatura o dejar de escribir. En realidad, tampoco podía definirme como escritor: es cierto que tenía terminadas algunas novelas y que publicaba periódicamente entrevistas y artículos en revistas locales, pero el mundo literario seguía girando sin que nadie me echara de menos en él. El problema de ser un autor de provincias es que uno ha de luchar no sólo contra la distancia que hay hasta Madrid o Barcelona, sino que además ha de enfrentarse con su propio miedo al fracaso, a acabar siendo uno más de esos fantasmas que deambulan de editorial en editorial. Y si uno no se dedica a ello profesionalmente, las posibilidades de ser leído se reducen tan sólo a los círculos más íntimos.

Los manuscritos se iban multiplicando en gruesos envíos hacia destinos inhóspitos con forma de concurso. Fotocopiaba una o dos novelas que enviaba con ilusiones cada vez menos renovadas y que contribuían a hacer aún más grande el agujero de mi bolsillo. De hecho ni siquiera tenía constancia de que alguien leyera mis obras o de que hubieran traspasado el umbral de una segunda lectura.

Aun así, cada mañana entraba en una página web en la que insertaban a diario nuevos concursos cuyas bases imprimía con el ánimo inquebrantable de presentarme. El género acababa dándome igual: había escrito relatos hiperbreves para certámenes de pueblos cuyos nombres era la primera vez que escuchaba y que no podía señalar en el mapa, e incluso había ideado breves tramas para narraciones policiacas que presentaba con más ánimo que fortuna. Transcurrían los meses sin que mi teléfono se inmutara. Y no sólo eso: al cabo de un tiempo me enteraba de que a un concurso en un lugar perdido de Murcia se habían presentado nada menos que dos mil setecientos relatos, por lo que las posibilidades de ganar se parecían a las de obtener El Gordo en la Lotería de Navidad.

Las editoriales me reenviaban los manuscritos con una de esas plantillas en forma de carta: «Estimado Señor: Le agradecemos que haya pensado en nosotros como editorial para su obra titulada *La sonrisa de Nuria*. No obstante, después de considerar con interés su amable propuesta, lamentamos comunicarle que no vemos viable su inclusión en nuestro programa de publicaciones. Con ello no pretendemos en modo alguno juzgar la calidad literaria de la obra. Atentamente», etcétera, etcétera.

Almacenaba cada una de aquellas negativas sin tener clara la razón para ello y cada mes me daba un atracón de frases hechas. En el fondo yo no deseaba que aquellas empresas de la palabra me dijeran si mi obra iba a entrar o no en su catálogo; lo que verdaderamente necesitaba era una indicación del rumbo que debía tomar: o apostar por la escritura o dedicarme por entero a cualquier negocio de dulces de leche. Al faltarme esto, me limitaba a releer las cartas repletas de negativas y a recordar los ánimos de un Pedro Ugarte a quien también habían rechazado una treintena de veces pero que había acabado publicando varios hermosos libros. Y yo, sabiendo que no tenía su estilo, me proponía publicar aunque sólo fuese como una muestra más de mi terquedad.

Respecto a los concursos, sus organizadores se apuntaban a esa máxima que dice que el silencio es una señal evidente de que no has resultado ganador; ni siquiera eran capaces de hacernos llegar una breve nota con el nombre del vencedor o los finalistas: dejaban sólo que el silencio otorgara su respuesta lapidaria. Hacía pocas semanas me habían contado una anécdota que ejemplificaba este distanciamiento. Seve Calleja había llamado al ayuntamiento preguntando por la resolución de un premio de ensayo cuyo fallo se retrasaba más de dos meses. Al otro lado del teléfono surgió una de esas funcionarias remilgadas que parecen venidas de un pasado remoto. Ante la pregunta, ella se limitó a contestar: «Si no le han llamado es que no ha ganado». Su voz de sonajero abría surcos de incredulidad en los oídos de mi amigo. «¿Y se sabe quién ha resultado ganador?», insistió con la tozudez de quien cree en su trabajo. «Si no le han llamado, usted no», respondió cortante la funcionaria. Y seguidamente colgó el teléfono.

Pero yo, por alguna razón, me hallaba sensible a los premios. Óscar Alonso había obtenido hacía apenas tres meses el Tiflos por su conjunto de relatos *Disculpen el percance* y José María García Nieto había quedado finalista en el Ateneo de Valladolid de novela corta. Conocía a ambos desde hacía diez años y sabía lo que habían luchado para alcanzar un breve trozo del paraíso. Tal vez por ello tenía la sensación de que el premio se me estaba acercando y que pronto asistiría al roce de su varita mágica; pero a la vez notaba el tiempo pasar sin que tuviera noticia alguna de mis manuscritos. Si a esto añadimos el hecho de que los días en el trabajo se repetían agónicos, pueden hacerse una idea de cómo me encontraba.

No sé si habrán experimentado esa sensación de estar desaprovechando el tiempo, malgastando ocho horas diarias en un trabajo del que esperas más de lo que te ofrece. En mi caso así era. Nunca me he considerado mejor que nadie, y mucho menos he ido alardeando de estudios o de haber acabado una carrera universitaria. Periodismo, además, era una de esas carreras que uno perpetraba cuando no le quedaba otra opción. Y en Leioa aprobaban auténticos trapecistas del despropósito, buscadores de tesoros o salvadores de patrias. Los profesores, por su parte, parecían haber sacado el título en cualquier bolsa de patatas Matutano. Había alguno más interesado en organizar sus propias movilizaciones para protestar por la subida excesiva del billete de autobús que en ofrecernos una pizca de su limitada sabiduría, o entregar ésta a aquéllos que no podían costearse el viaje «por haber sido encerrados en las cárceles totalitarias del Estado español». Profesores que impartían a la semana una sola hora lectiva a pesar de tener asignadas tres o cuatro, o que desaparecían misteriosamente abducidos por alguna clase de raza superior digna de *Expediente X* que los enviaba a una galaxia muy lejana sin encontrar sustituto.

Asistía además con curiosidad a la evidencia de que ninguno de mis antiguos compañeros de estudios trabajaba en los medios de comunicación. Conocía a unos cuantos que habían logrado una plaza como funcionarios: dos carreras a base de matrículas de honor para acabar repartiendo cartas en un pueblo perdido del Bierzo. Otros habían subsistido varios años capturando noticias pero habían optado al final por esa definición etérea que llaman «diseño gráfico», por la venta de teléfonos móviles o por la traducción al euskera de libros religiosos. Los más cercanos a la profesión malvivían sacando fotos para diarios progresistas que les pagaban a doce euros la instantánea publicada o que les contrataban por uno de esos salarios que se apellidan «base» para acabar distribuyendo sus fotografías como agencia al mejor postor. Los demás seguían anclados en sus puestos de vendedores de coches, recepcionistas de hoteles de lujo o como madres de familia. En el fondo, no era de extrañar. Nos habían enseñado a ser campeones del Trivial, pero luego, a la hora de la verdad nuestra sabiduría se la traía bien floja a unos jefes que sólo buscaban rendimiento a bajo coste. Éramos personas que sabíamos un poco de todo. O mejor dicho: mucho de nada. Útiles para cualquier cosa. Y la carrera, más incluso una como Ciencias de la Información, a los directores de las empresas les importaba un comino. Y era impensable que nos pagaran como universitarios si íbamos a acabar picando piedras en cualquier cantera a las afueras de la ciudad.

Pero hablaba de mi trabajo. Llevaba varios años encadenado a una silla y a un ordenador en una empresa con dos socios que no se hablaban desde hacía un lustro. Uno de ellos era un personaje extraído de un manual de cómo no deben hacerse las cosas, en el que Matt Groening se habría basado para crear a Homer Simpson, que soltaba eructos con aroma a *kokotxas* de bacalao y que se rascaba los genitales mientras atendía a los clientes o contestaba al teléfono. Una de sus aficiones favoritas consistía en embadurnar sistemáticamente cualquier rincón del local con enormes y oscuras manchas de tinta, por lo que uno, avisado tras largos años descubriendo imborrables ronchones en sus camisas, procuraba todas las mañanas calcular dónde instalar el trasero. Seguramente, me decía, en todas las empresas de este país de incompetentes y vividores cocerían las mismas habas que en la mía, pero habíamos llegado ya a una situación en la que lo único que buscaba era salir cuanto antes de allí.

Sobrellevaba toda aquella mediocridad colándome en diferentes saraos culturales en los que muchos se preguntaban quién narices era yo —tener una novela publicada en un idioma que no era el mío no me abría las puertas de nada— mientras me daban una palmadita en la espalda y me decían que aún era joven para triunfar en la literatura. Claro que esta frase me la llevaban repitiendo desde los dieciocho y de eso habían pasado ya casi veinte años. No he mencionado que acababa de dar por finalizada una novela que había mandado a un editor del que esperaba sus bendiciones, y que llevaba meses dándole vueltas a otra historia que no terminaba de gustarme pese a que tuviera escritas un centenar de páginas. Cada vez que la retomaba me venía a la mente una frase de Francisco Umbral: si se llega a las cien páginas y la obra aún no te dice nada lo mejor es olvidarla. No recuerdo si era exactamente así, pero en mi caso me había volcado tanto en aquella novela que no lograba enlazar la mayor parte de sus capítulos. Y lo que es peor: no hallaba un argumento coherente y me faltaba la coartada que me permitiera seguir escribiendo sobre unos personajes cuyas vidas no sabía si empezaban o ya habían acabado.

Fue en estas circunstancias cuando supe de las hermanas Alba, aunque siendo sinceros, su historia apenas logró engancharme la primera vez. He de admitir que el momento no era el más adecuado: una conversación entre amigos escritores en un bar y rodeados de cerveza no eran los elementos propicios para detenerse en ningún posible argumento. Como en tantas de aquellas reuniones se hablaba poco de literatura y mucho de lo mal que estaba el mercado editorial. Pero todos parecían haber encontrado el hueco por el que introducir sus historias. Yo, por el contrario, me hallaba en un punto muerto.

«Me contaron hace unos meses la historia de las hermanas Alba», nos soltó de improviso Sergio Arrieta con ese acento francés dulzón y envolvente que le caracteriza. Arrieta tiene una exquisita capacidad de atracción. Al hablar junta las palabras acompañándolas de una gran sonrisa, organizando un festín de carcajadas. «Desaparecieron hace casi un año y no se ha vuelto a saber nada de ellas.»

Le miramos con cierta expectación, que sólo Óscar Alonso fue capaz de expresar con palabras:

«El problema de hablar de personas reales», señaló, «es que al final puede parecerse más a un programa como aquel de *Quién sabe dónde* que a un relato.»

Alonso nos había sorprendido ya en alguna ocasión descubriendo argumentos de pequeñas anécdotas: sacaba unas cuartillas diminutas y garabateaba unas líneas como génesis de un cuento. Lo había hecho en la presentación de un poemario de Miren Agur Meabe: en plena disertación sobre poesía, me pidió un bolígrafo y un folio y comenzó a desgranar los acordes de un relato. Quizá por ello todos esperábamos verle escapar de un momento a otro para esbozar el esquema de la historia. No fue así. Agarró el vaso con fuerza y dio un gran trago a su cerveza.

«Si de mí dependiese intentaría escribir una novela mixta, repleta de referencias, de idas y venidas», apuntó José María García Nieto; «la novela ha de alimentarse cada vez más de otros géneros, enriquecerse con la mezcla.»

Recordé una frase que me había dicho recientemente Rafael Chirbes en una entrevista para un diario local: «La novela ha de ir contra la literatura, en el sentido de ir contra lo establecido, contra lo ya hecho. Escribir lo que otros ya han escrito, o de la forma que otros ya lo han hecho sólo supone seguir una corriente que no lleva a ningún sitio. La literatura es como la piedra para un escultor. El escultor va contra la piedra porque de ella saca su obra». Se lo hice saber a mis amigos, al tiempo que pedíamos otra ronda. Tres cañas y un pacharán para Arrieta, más acostumbrado a los licores fuertes.

«Chirbes es un gran escritor», apuntó García Nieto, «uno de los escasos francotiradores que quedan en la narrativa española. Un lobo estepario.»

Lo dijo con el orgullo del que halla de pronto un oasis en medio del desierto. Él siempre ha sido un lector exigente, a la vez que un poeta compulsivo. Su primera novela, *El hombre oscuro*, finalista del Ateneo, rebosaba lirismo; yo mismo le había comentado que era una novela más poética que narrativa, pese a que las frases se construyeran haciéndonos creer que se trataba de prosa; eran más bien sentimientos desbocados, pensamientos que se transfiguraban para construir un hermético mundo personal.

«Cada vez es más necesario que la novela se nutra de otros géneros, que beba de otras fuentes», continuó; «que en sus páginas crezcan poemas, ensayos solapados o evidentes, diálogos directos que la emparenten con el teatro, incluso juegos con forma de imágenes. La novela no puede mantenerse encorsetada en estructuras caducas y conocidas; ha de encontrar nuevos ropajes. Es necesario el mestizaje.»

Para entonces, la presencia de las Alba se había diluido en una mezcla de literatura y alcohol, y nuestras voces buscaban nuevos temas que nos alejasen de la seriedad de las letras. La mujer acabó siendo uno de esos temas, la mujer convertida en musa que nos condujera por el sendero correcto de la creación.

Quienes escribimos sólo cuando la necesidad nos golpea, olvidamos que la escritura es un arte que tiene un alto grado de trabajo, un esfuerzo que consiste en dedicar horas a pelearse contra una página en blanco. Quizá por eso mismo, no encontrábamos el momento o no nos centrábamos en él, y preferíamos compartir nuestras decepciones con amigos en la misma situación. El método de trabajo de cada uno difería sustancialmente. Óscar Alonso se dejaba enamorar por los flechazos, por esos toques de necesaria inspiración, para construir pequeños fragmentos de vida. Su distancia era el relato, en ocasiones muy corto, al estilo de Monterroso aunque más cercano a los construidos por su idolatrado Pedro Ugarte. Sergio Arrieta era más onírico, y sus relatos más fantásticos, en ocasiones también más infantiles pero amargos, aspecto que chocaba con su talante emprendedor y luminoso. José María García Nieto estaba viviendo por entonces uno de sus momentos de creación compulsiva en los que podía llegar a casa y encerrarse durante horas hasta dar con diez o quince poemas magníficos. Desde que había quedado finalista le daba vueltas a otra novela, género del que llevaba años diciendo que no era el suyo pero al que tenía ganas de volver. De mí mismo poco podía decir. Me limitaba a escribir y el único método que conocía era la recreación imaginaria de momentos de mi vida a los que disfrazaba de irrealidad. Todos los personajes que había creado tenían una parte importante de mí y quizá por ello, al no encontrarme en situación de plenitud, no era capaz de crear nada que no fuera digno de ser encestado en una papelera.

La noche acabó con regusto a alcohol y con una misma frase saltando de boca en boca y martilleando nuestras cabezas. Para ser escritor uno tenía que salir de su ciudad y acabar en la capital, codearse con editores, emborracharse con ellos, contarles sus proyectos, mostrarles sus manuscritos ocultos bajo el brazo y sobados por el efecto de mil y una lecturas. Aún nos sorprendía el hecho de que en Bilbao, que desde la apertura del Guggenheim se las daba de ser una de las ciudades de mayor proyección cultural de Europa, no hubiera nacido una editorial que englobase a la gran cantidad de autores vascos que escribían en castellano. Una forma de competir con las grandes editoriales que desde Vitoria se estaba intentando hacer a través de Bassarai y gracias a Kepa Murua, y cuyo modelo teníamos los cuatro en mente.

Aunque esto no es lo importante: la cuestión es que en toda la noche no se volvió a mencionar a las hermanas Alba.

Tuve conocimiento por segunda vez de su existencia dos o tres semanas más tarde. Como todas las mañanas había salido a tomar un café a un bar cercano al trabajo, y al igual que todos los días me había sentado en la barra a leer *El Correo*. Hay rituales que uno cumple a rajatabla, como si necesitase de ellos para mantenerse con vida. La ojeada diaria del periódico, desplegando sus hojas sobre la barra mientras se va enfriando el café, era uno de los momentos más entrañables de la mañana. No era desde luego uno de mis mejores días. Si uno se pasa todo el fin de semana hablando de proyectos literarios o ensobrando manuscritos para enviar a distintos concursos, es muy probable que el choque contra el muro de la normalidad de una empresa en la que sólo se habla de sexo o de problemas entre los socios sea aún más fuerte. Una especie de *Welcome to the real world*. Si te tomas la pastilla azul descubrirás que tu madriguera de conejos es sólo eso, una jodida madriguera repleta de raíces, tierra y gusanos que buscan enroscarse alrededor de tus piernas. Elige la pastilla azul y al despertar el lunes, siete menos cuarto de la mañana y tomar un frugal desayuno, café con leche y quizá un par de tostadas, y arrastrarte por calles con aceras repletas de huevos que no quieres romper, cruzándote con los mismos espectros errantes de cada día, te darás cuenta de que llevas así semanas y años sin el más mínimo cambio. Puede que el infierno huela a tinta, o a disolvente barato o a un personaje televisivo que levita como un globo a causa de la aerofagia. O que una enorme laguna Estigia nos separe del mundo. Lo único seguro es la sensación de malestar que me envolvía cada vez que me veía adherido a aquella silla frente al ordenador. Por ello, los breves momentos del café me levantaban de nuevo el ánimo. En una de las páginas del periódico, decía, me topé con la noticia:

«Hallado el cadáver de una de las hermanas Alba.»

Desconozco cuál fue la razón de que aquel titular me llamara la atención. En los diarios se repiten los sucesos sin más trascendencia que la que reciben por parte de los implicados. Y no soy de los que andan husmeando a la caza de historias para contar. Son esfuerzos de los que nunca he sido partidario. Pero la cuestión es que continué leyendo:

«La pasada madrugada fue encontrado en la playa de Bakio el cadáver de una mujer con evidentes signos de descomposición. Aunque el mal estado del cuerpo impidió su inicial reconocimiento, fuentes de la Ertzaintza indicaron que podría tratarse de una de las hermanas Alba, desaparecidas misteriosamente hace ya casi un año.

Conforme iba conociendo la noticia me acordaba de Sergio Arrieta y de la conversación que habíamos mantenido semanas antes. Le telefoneé al llegar al trabajo.

«Buenos días, señor, qué me cuenta en esta bonita mañana», respondió él con su habitual sentido del humor.

«Sergio», le dije, «¿no tenías pensado escribir un relato sobre unas hermanas desaparecidas?»

«Sí», confirmó, «las hermanas Alba. Era una idea que me venía rondando desde hacía algún tiempo, pero la he aparcado por el momento. ¿Por qué lo preguntas?»

«Hay una noticia en el periódico que me lo ha recordado. Parece ser que han hallado el cadáver de una de ellas.»

«¿Un cadáver?», se interesó, «yo pensaba que la suya habría sido una desaparición voluntaria. O un secuestro, como se dijo en un principio.»

Aquella historia comenzaba a interesarme y pensaba que Arrieta me daría algunas referencias que yo desconocía.

«¿Qué vas a hacer esta tarde?», le pregunté.

«¿Quieres que nos reunamos en torno a una copa de la amistad?», dijo soltando una gran carcajada.

«A las siete y media en el Metro Moyúa. Tomamos algo y me cuentas, ¿te parece?»

Arrieta ya me esperaba cuando llegué al bar. Sonrió al verme y me preguntó qué iba a beber. Él se había pedido un chupito de pacharán.

«Uno de ésos», dije señalándole el vaso. Me apetecía sentarme: había estado toda la tarde atendiendo a los clientes, y al ver que se desalojaba una mesa le indiqué que podíamos tomar asiento. Mi amigo traía un maletín. Yo el dietario que me acompaña a todas partes y que me sirve de recordatorio de aquello que no quiero olvidar.

Los primeros minutos sirvieron para recuperar las semanas sin vernos. Arrieta había estado en Madrid visitando a algunos colegas escritores y asistiendo a varias presentaciones de libros.

«Madrid no tiene nada que ver con esto, amigo mío; desde el punto de vista editorial está a cien años luz. Y Bilbao les pilla muy lejos. No están por la labor de apostar por gente de aquí a no ser que sea una apuesta segura con un riesgo mínimo. Otra Espido Freire o un

Unai Elorriaga. Y además creen que los vascos sólo sabemos mirarnos al ombligo, que nos pasamos la vida hablando de nosostros mismos. Y de terrorismo, por supuesto. Si queremos probar algo del pastel tenemos que cambiar de temas y potenciar nuestras relaciones con la metrópoli.»

Yo asentía a cada una de sus frases. En mi mente, sin embargo, se dibujaban otras preocupaciones.

«¿Cómo te enteraste de lo de las hermanas Alba?», inquirí con apremio. Mi amigo lanzó al aire una enorme risotada.

«Te ha vuelto a picar el gusanillo de la escritura», exclamó; «ya sabía yo que no podrías estar mucho tiempo sin maquinar algo. ¿Qué te traes entre manos?»

Le dije que aún no tenía nada claro pero que empezaba a estar interesado.

«Lo que no sé es si mi interés es literario o de portera de escalera. ¿Qué sabes de ellas?»

Arrieta podía añadir poco más a lo que yo había leído esa mañana. Las Alba apenas sobrepasaban los treinta, pertenecían a una buena familia y eran hijas únicas, herederas de una gran fortuna.

«De esa gente que se aburre de contar el dinero», apuntó. Además, Lara, la menor, tenía un estudio de grabado llamado Grupo Ítaca en la zona centro de la ciudad que colaboraba con algunos de los más importantes artistas del Estado. Lorea, la mayor, era esteticista y había montado su propio salón de belleza, el Xanadú, al que acudían la mayoría de los rostros conocidos de la noche bilbaína.

«Durante varias semanas se pensó que había sido un secuestro: alguna banda organizada que buscaba dinero fácil. Incluso se habló de ETA. Luego no se supo nada más de ellas y la prensa dejó de especular.»

«¿Pueden desaparecer dos personas sin que se sepa absolutamente nada de ellas?», le pregunté.

«Depende: si las dos formaban una única familia, nadie tiene por qué enterarse. Aunque al final siempre hay alguien que nota su ausencia. Pero bueno, ¿te interesa la historia?»

«No lo sé», admití, «tú me diste la idea, así que en parte depende de ti.»

«¿De mí? Si es por eso, llevo varios meses con una novela sobre el conde de Lautréamont, y no creo que tenga tiempo para nada más. Por mi parte tienes el campo libre.»

Lo miré con atención, dejando que una sonrisa completara mi cara. ¿Por qué aquel repentino interés por dos mujeres de las que no había oído hablar en la vida? Realmente su historia no me resultaba en ningún caso intrigante, ni siquiera especialmente narrativa. ¿Y cómo comenzar además a relatar una historia si no hay historia? Hacía muchos años que no me documentaba para una obra y no creía que contara con el tiempo suficiente para hacerlo.

No sé si he dicho que la escritura era una vocación que mantenía cuando las noches y el cansancio me lo permitían. Tengo la pequeña costumbre de escribir tumbado en la cama, minutos antes de acostarme, y dejar que mi cerebro vaya dibujando los rastros que engorden el argumento. Una especie de prolongación onírica hacia la mano que no siempre funciona como quisiera. La mayoría de las veces mis dedos acaban soltando el bolígrafo y mi cabeza se desploma con pesadez sobre el papel en blanco. Sólo al día siguiente, cuando el despertador se empeña en devolverme a la realidad, veo que el manuscrito se ha convertido en un conjunto arrugado de hojas y que no he logrado crear nada. No me he levantado por la noche llevado por el impulso de las Musas ni he garabateado docenas de hojas perfectas. Y por supuesto no he transmitido por ciencia infusa a las cuartillas en blanco frase alguna. Creo haber comentado ya que las novelas surgían como una proyección de mí mismo, que los personajes no eran sino derivación de otros reales y los acontecimientos una extrapolación falseada de lo ocurrido. En esas circunstancias escribir sobre las Alba se me antojaba una complicada tarea que no sabía si estaba dispuesto a acometer. Sergio Arrieta me dio nuevamente la idea:

«Con las hermanas Alba tienes la ocasión de centrarte en el género que te gusta: la novela negra. Realmente a nadie le importa si lo que le cuentas es o no verdad. Tú te limitas a escribir, a buscar razones, a describir locales a los que acudían o fiestas a las que eran invitadas. A esos sitios ya has ido, son todos iguales, se mueve más o menos el mismo tipo de personas. Lo único que hay que hacer por tanto es llegar a descubrir qué es lo que pudo pasarles, si es que realmente les pasó algo. Ni siquiera tienen por qué llamarse Alba; estás creando, estás dejándote llevar por la imaginación, por lo que tú crees que pudo haber ocurrido.»

Tan sencillo como eso; lo más elemental para un escritor que quiera llamarse así. La historia de las hermanas era tentadora, sobre todo para una persona que utiliza la escritura para evadirse, una puerta que se abre de cuando en cuando para escapar de esa oscura sima que ha dado en llamar trabajo. Un modo de vivir otras vidas, de disfrutar con ellas o de preocuparse sin tener que prestar atención en la propia.

«¿Qué vas a hacer entonces?», insistió mi amigo.

«Creo que voy a escribir sobre ellas», concluí.

2

Según Amos Oz, «escribir quiere decir inventar personajes o situaciones. Para perfilar el personaje de una novela tienes que ponerte en su lugar, entender su razonamiento, ser capaz de ocupar su posición. Es éste un extraordinario ejercicio contra la intolerancia. Si somos capaces de ponernos en el lugar del Otro, estamos creando las condiciones para empezar a hablar».

El comentario, extraído de una entrevista hecha al escritor israelí, me brindó varias ideas de por dónde enfilar la narración sobre las hermanas Alba. Sergio Arrieta me había dibujado días antes el camino. «Sólo tienes que inventarte una historia», me había dicho. Amos Oz me ofrecía además una nueva perspectiva: uno ha de ponerse en el lugar del personaje, imaginar cómo actúa, cómo piensa, cómo se comporta. Convertirse uno mismo en su sustituto.

Impulsado por esta nueva perspectiva, me propuse ejercer de las Alba durante el tiempo que durase la investigación. Aunque si he de ser sincero, los días se iban amontonando en el calendario sin que yo hiciera el más mínimo avance. Y tampoco podía definir todo aquello como una investigación, porque realmente no estaba investigando nada. Es cierto que tenía una carpeta en la que había escrito en mayúsculas: «HERMANAS ALBA», y que en su interior había guardado el recorte del periódico con la noticia de la supuesta muerte de una de ellas y con varias anotaciones sugeridas por Arrieta. Pero ahí quedaba todo mi trabajo de documentación. No había más porque no tenía más. Aunque la frase también puede leerse al revés: no tenía más porque no había más. Por no haber ni siquiera había nuevos datos en los periódicos. Ni una información, ni un comentario. Nada. Como si las hermanas Alba sólo me interesaran a mí.

Barajé varias posibilidades por las que una persona quisiera desaparecer. He de confesar que para estas cosas carezco de la imaginación de escritores como Javier Maura, José Javier Abasolo o Fernando Palazuelos, por porner algunos ejemplos. En una ocasión, Seve Calleja me dijo que escribía bien, pero que a mis novelas les faltaba alma. Es una frase que aún recuerdo porque desde entonces he buscado por todos los medios volcar mis sentimientos en lo que escribo. Creo que si mis obras fallan es porque no soy capaz de ponerme en lugar de nadie y me limito a desarrollar los argumentos con un único punto de vista: el mío. Y esto hace que todos los personajes acaben siendo muy similares entre sí. Por ello, la afirmación de Amos Oz me resultaba especialmente práctica.

Conociendo mis limitaciones tuve que pedir ayuda para entender las razones por las que dos personas deciden desaparecer. Además, muchas veces uno solo no es capaz de hallar los recovecos de un argumento, de explicar por qué alguien se comporta de una manera y no de otra. Es como leer uno mismo lo que ha escrito: lo ha hecho tantas veces que se salta inconscientemente errores que otra persona descubriría al momento.

Había descartado en principio que el cadáver aparecido en la playa fuera el de una de las hermanas. Era la intuición o la creencia de que no podía tratarse de ellas. No sé cómo explicarlo, pero preferí soslayar la posibilidad de la muerte. Al menos hasta que se hallaran más pruebas al respecto. Pero necesitaba una visión distinta de los hechos, más femenina, que me permitiera entender su comportamiento.

Así, al cabo de algunos días recurrí a mi novia. Ainara lleva años afirmando que voy a triunfar en la literatura. Y a su frase le añade una enorme sonrisa que disipa cualquier duda sobre su falta de confianza en mí. De hecho suele bromear diciendo que comenzó a salir conmigo porque sabía que yo iba a ser ALGUIEN. Incluso me había regalado un bolígrafo de plata con el que, decía ella, iba a escribir mis mejores novelas. Ainara siempre me ha visto como un escritor y por eso se alegró de que hubiera encontrado otro argumento en el que volcarme.

Cada tarde la recojo cuando sale de la consulta en la que trabaja y nos acercamos hasta un bar del centro para tomar un café. Y charlar. Ella no estaba teniendo suerte en el trabajo. Su jefa, una alumna resabida casada con su profesor para medrar en la estomatología, era una de esas personas que necesitan minusvalorar a sus subordinados para creerse libres de su propio fango; se pasan las horas gritando lo mal que se hace todo, acusando a los demás de los errores que sólo ellas han cometido; nunca sonríen y cuando lo hacen muestran su dentadura de perlas marcadas con el sarro de la hipocresía y la malicia.

Durante los últimos días Ainara había tenido varios desencuentros con la doctora, para quien mi novia no era más que una sirvienta a la que podía exprimir. Incluso llegó a sugerirle que lo mejor era que se buscase otro trabajo. El detonante había sido una cantidad de dinero en metálico que Ainara había intentado ingresar en el banco. Uno de los empleados de la sucursal le había devuelto un billete de doscientos euros alegando que era falso. «Pues a la tarde te lo llevas a cualquier tienda y lo cambias», graznó la doctora al enterarse. Yo conocía muchas formas de contestar una frase como aquella, desde que no era culpa suya que el billete fuese falso hasta ataques más contundentes como que se podía meter el billete y el trabajo por donde le cupiera. Pero Ainara no utilizó ninguna de ellas: se limitó a escuchar y a asentir en silencio. Sin embargo, esa misma tarde se atrevió a interpelar a su jefa: le dijo que no iba a intentar colar el billete, que no era su obligación y menos su responsabilidad. «Si vas a andar ahora con principios estúpidos mejor que cojas tus cosas y te largues», le soltó la doctora con desdén; «y a poder ser cuanto antes. En esta empresa no necesitamos gente con principios.»

Tras la discusión, Ainara llevaba días en permanente estado de nervios. Todas las tardes al ir a recogerla me contaba lo surrealista de su situación, con una jefa que no le dirigía la palabra y que utilizaba la intermediación de una compañera para encargarle trabajo. Ni siquiera era capaz de mirarla a la cara ni tenía la educación de saludar cuando entraba en la clínica. Una presión soterrada para que Ainara tomase la decisión de marcharse de allí y que sólo conmigo sabía expresar a través de un torrente de improperios. «Si quiere que me vaya, que me eche», me decía, «pero como comprenderá no voy a irme de la consulta sin encontrar nada a cambio o por lo menos sin paro. No están las cosas como para hacerse la valiente.» Por esta razón, yo no le había hablado de las hermanas ni siquiera del hecho de que hubiera encontrado una posible historia a la que dedicar todos mis esfuerzos narrativos.

Aquella tarde, sin embargo, Ainara se sentía especialmente jovial. La doctora llevaba dos días sin aparecer por la clínica y el trabajo sin su presencia, aunque aburrido, al menos no resultaba estresante. Tal vez por ello pude acosarla con mis dudas:

«¿Por qué motivo dos hermanas desearían dejarlo todo y desaparecer?», fue el comienzo de mi interrogatorio.

Al oír la pregunta supo que por mi cabeza rondaba alguna historia que necesitaba enseñarle.

«Cuéntame más», me dijo mostrando su nevada cordillera de dientes. Ainara tiene una de esas sonrisas que desbancarían a cualquier tahúr. Y yo siempre he sido proclive a apostar si me creo en posesión de una buena mano.

Hice un breve resumen de lo que hasta el momento tenía, de la historia que me había brindado Sergio Arrieta y de la noticia aparecida en los periódicos. Ainara había oído hablar de las hermanas Alba. Incluso había seguido durante algunas semanas la crónica de su desaparición.

«Eran muy conocidas en Bilbao», me dijo, «pero sobre todo en Bakio, donde pasaban todos los veranos.»

«Entonces», pregunté, «¿por qué crees que habrán desaparecido?»

«Las habrán amenazado», dijo.

Fue una respuesta rápida que yo agradecí con una amplia sonrisa. No era mal comienzo. Euskadi siempre ha sido un país dividido y la amenaza era una posibilidad que no debía descartar. Saqué el dietario y apunté la opción que me brindaba.

«O esconden un secreto que no quieren que se sepa», siguió mi novia.

Era otra explicación que también me valía. Las Alba eran personajes relativamente públicos, asiduos a todas las fiestas y actos sociales que se celebraban en Bilbao. Si tenían algo que ocultar la mejor forma de hacerlo era no dejando ni rastro.

A partir de ese momento, Ainara me llenó de argumentos verosímiles para la construcción de mi historia que yo fui anotando con apetito voraz.

«Puede que hayan huido; si yo decidiera marcharme de aquí sería porque quiero olvidar algo, un recuerdo o una mala experiencia.»

Era una de las primeras opciones que yo mismo había barajado: una experiencia negativa tanto a nivel personal como sentimental. Y así se lo hice ver.

«Sí, no sería un mal motivo», me dijo. Miró hacia el techo del bar y cerró los ojos como si reflexionase. «O puede que se hayan arruinado», añadió.

No era impensable que hubieran dejado tras de sí toda una estela de deudas. De ser así no me sería difícil averiguarlo. Sergio Arrieta me había hablado de dos empresas, un taller de grabado y un salón de belleza, que sin duda tendría que investigar.

«¿Y si la familia fuera de otro país?», señaló Ainara al cabo de unos minutos. El silencio se había adueñado del local, como si los clientes estuvieran más pendientes de nosotros que de sus propias vivencias. Incluso la música, que hasta entonces dominaba sobre el ronroneo de los diálogos, había perdido su fuerza convertida en un tenue hilillo apenas identificable. «Quizá hayan tenido que salir urgentemente a reunirse con algún familiar.»

«Han pasado varios meses desde su desaparición», apunté para desmontar su afirmación. «Y nada se sabe de ellas. Simplemente se han esfumado.»

«Pues mira…, si tenían dinero e iban las dos juntas a todos los lados, han podido largarse porque sí, sin ningún motivo que lo explique. O han cometido ellas mismas un crimen. Uno pasional, por ejemplo: se han cargado a alguien que las chantajeaba, o a un amante que las engañaba…»

«Sí», afirmé, «pero ya nos ponemos en soluciones más novelescas que realistas. Y la vida suele ser mucho más sencilla. Tan sencilla como que un buen día te cansas y lo dejas todo.»

Pese a los motivos que me ofreció Ainara, no hallé razones suficientes que me llevasen a una desaparición precipitada. Y aún había una cosa más: no me entraba en la cabeza que de ellas no hubiera quedado rastro alguno. Y lo que es peor: no paraba de pensar en las hermanas.

Aunque la verdad es que tampoco podía decir que estuviera haciendo nada por desentrañar su historia. No me había pasado por sus empresas, ni por el pueblo en que veraneaban, ni por los locales que frecuentaban; ni siquiera había hecho un breve análisis de cómo debía enfrentarme al hecho de escribir sobre personas a las que no conocía pero cuya vida estaba al alcance de cualquiera que hubiera ojeado los periódicos. Y puestos a señalar cosas que no había hecho, tampoco había dedicado un momento a actuar como escritor y a imaginar motivos, por muy sorprendentes que fueran.

Esa noche al llegar a casa llené la carpeta dedicada a las Alba con las sugerencias de Ainara. Sus puntos de vista me habían permitido acercarme a aspectos de la historia en los que yo no había pensado. Pero aún me quedaba descubrir el carácter de las dos hermanas, su personalidad, o inventarme unos rasgos que las hicieran creíbles, cercanas, dos seres redondos dentro de una historia repleta de aristas. Yo llevaba años esbozando personajes inválidos, incapaces de hacer nada por sí mismos. Una descripción detallada de mi propia idiosincrasia que favorecía que cualquier argumento que surgiera de mis dedos tuviese muchas posibilidades de no ser nada. A esto puedo añadir el hecho de que soy un escritor lento, que necesita revisar varias docenas de veces una misma página para reconocerla como definitiva. Eso hace que el texto pierda su componente de frescura. Pero qué quieren: escribo así. He pensado alguna vez en aparcarlo todo y centrarme en otra clase de menesteres. La literatura es una amante ingrata que da pocas satisfacciones. Y quizá si no tuviera inquietudes narrativas aceptaría con resignación mundana la mediocridad de mi trabajo, las marcas de tinta goteando en mis orejas tras colgar el teléfono o a un jefe revestido de su propia incompetencia. Me conformaría con lo que tengo, como hacen otros. Pero la escritura es una enfermedad que me conduce por su tontera febril y que me hace esperar o exigir más de lo que tengo. Y yo empezaba a creer que de las hermanas Alba se podía extraer un argumento que mereciera la pena.

Algunos días más tarde quedé con Aitor Baroja. Mi amigo llevaba meses volcado en la creación de un proyecto editorial que aglutinase a autores vascos que escribieran en castellano y que no hubieran tenido la oportunidad de publicar. La editorial iba a llamarse El Hierro como una forma de recalcar la importancia que dicho material había tenido en la construcción de nuestra provincia. «Forjada a golpe de acería y sudor», decía en un intento de buscar el sentido más poético de sus palabras. Además, Baroja había publicado hacía algunos meses su primera novela. Una editorial asturiana se había interesado por una de sus obras para su publicación. En bable.

«Nuestras novelas no las leerá nadie», me había dicho él semanas antes, «sirven sólo para engrosar las listas de las bibliotecas y para dar la impresión de que se publica en un idioma que va muriendo. O para adornar los salones de gente con mucho dinero que gasta su fortuna en cosas estúpidas.»

Mi amigo tenía un oscuro sentido de ver las cosas; yo por el contrario había aceptado ya el hecho de que éramos escritores sumidos en la paradoja de tener publicado un primer libro en un idioma que no era el nuestro. Es una sensación extraña saber que no vas a poder leer lo que tú mismo has escrito. El libro tiene tu nombre, pero sus páginas adquieren cierto carácter de jeroglífico. En ocasiones incluso llegas a reconocer algunos párrafos, instantes en los que te volcaste con especial predilección, fragmentos en los que dejaste gran parte de tus noches y de tu vida. Quizá por ello a mí me daba cierta vergüenza decir que era escritor. Mi novela, por mucho que se hubiera publicado en euskera, no era del todo mía, se había objetivado convirtiéndose en un ente desconocido y gris del que apenas reconocía un nombre.

«Muchacho, ¿cómo te va?», preguntó al verme. Habíamos quedado en el Urrestarazu, un bar en pleno centro de Bilbao que a él le gustaba. Baroja conservaba en su rostro una mueca de resignación que intentó disimular con una sonrisa forzada.

«Pues bien», respondí, «acabo de salir de un agujero negro en el tiempo.»

El trabajo seguía apareciendo en mis frases como un lastre que no me dejaba avanzar. Segundos después, sin embargo, le presentaba la historia que me llevaba rondando varios días.

«¿Las hermanas Alba?», me preguntó; «¿qué pueden tener de especial esas dos hermanas? No eran más que pasto del cotilleo y de la prensa amarilla», apuntó con desdén.

«No lo sé», admití, «ni siquiera tengo la seguridad de que exista un argumento en todo esto. Según pasan los días me doy cuenta de que no saco nada en limpio; y lo que es peor, realmente no me apetece escribir sólo de ellas: me gustaría construir una especie de obra global que tenga a las hermanas como mera excusa.»

En el fondo, pensaba yo, cualquiera de nuestras vidas se compone de un sinfín de circunstancias, de momentos encadenados: no son un sistema lineal con un planteamiento, un nudo y un desenlace al estilo de las obras clásicas. Nuestro desenlace es la muerte. Hasta entonces son sólo idas y venidas, ciclos rutinarios que se suceden en el tiempo.

«Los días son repeticiones prácticamente idénticas de otros días», dije. «Y a mí me gustaría escribir de ello, de lo que hacemos o dejamos de hacer, lo que soñamos, nuestras ilusiones y fracasos, nuestras inquietudes y esperanzas.»

Miré a mi alrededor, como si esperase la aprobación de algún cliente del local.

«Sin embargo, se me desdibuja el argumento, no sé si realmente tengo algo que contar o debería tirarlo todo directamente a la basura. Y luego me pasa como a José María García Nieto, que al no tener el impulso de un premio o de una publicación asegurada, los textos se le van quedando desganados y obsoletos. Y eso que él fue finalista del Ateneo. Pero yo… ni siquiera soy un buen escritor, ni me puedo calificar como tal.»

Me observó con curiosidad como si se viese en la obligación de levantarme el ánimo con sus palabras.

«Lo que ocurre es que aún no te ha llegado el momento», aseguró. «Pero tranquilo, cuando tenga que sonar, sonará; un golpe de suerte, un premio, una editorial que confíe en tu obra.»

«Sí, el sueño del escritor novel. Llevo no sé cuánto tiempo rodeado de amigos cuya única esperanza es publicar. Algunos aún se creen con posibilidades de ganar el Nadal o el Planeta, y lograr así el reconocimiento que aún no poseemos. Como si esos premios los ganasen escritores desconocidos y no las obras de autores con buenos agentes. O tipos que no han escrito una sola frase en su vida pero venden imagen y cuentan con uno o varios negros que les escriben sus obras. El mundo literario español es de risa: escritores que al plagio le llaman intertextualidad y que ni se les cae la cara de la vergüenza. O aquella presentadora que publicó su primera novela y poco después se supo que se la había escrito un negro, que además había copiado literalmente docenas de páginas de otra obra. Y no pasa nada. En fin… Óscar Alonso suele decir que la intertextualidad debe ser algo así como copiar a poquitines, maestros en el corta y pega del Word. Por no hablar de esos autores capaces de estar en dos radios y un programa de televisión diario, escribir un artículo a la semana y publicar cuatro o cinco libros al año. El famoso grupo Pidal. Si uno se entera de cosas de ésas lo único que le entran ganas es de vomitar. Aún no he visto pedir perdón a ningún escritor pillado en un plagio. No sólo no les importa, sino que además siguen en sus púlpitos diciendo a los demás cómo deben hacer las cosas… Y hay que ser sinceros. El país, el mundo están llenos de escritores que arrastran sus obras por culpa de una pésima distribución, o dotados de la habilidad para ganar ciento y pico concursos menores pero que aun así no han logrado…, cómo definirlo…, cierta relevancia. Conozco a una chica de Granada o de Almería o de un pueblecito de por allí abajo que ha ganado en los dos últimos años unos trescientos premios literarios. Ella dice que vive del cuento. Y seguramente así será. Pero ¿crees que alguien sabe algo de sus obras? Pues no. Maneja las claves para ganar concursos de asociaciones benéficas pero su trascendencia no pasa de ahí. El público sólo sabe de aquellos escritores que cuentan con un buen agente o con el don de la diosa Fortuna. Nosotros sólo sabemos de lo que los grandes grupos editoriales quieren que sepamos. Y claro, luego observas los suplementos culturales y son de risa. Todos los escritores que aparecen en ellos forman parte de las editoriales importantes. Y curiosamente cuando hacen alguna referencia a un nuevo autor de una editorial pequeña es para ponerlo a caldo. Hay críticos, por llamarlos de alguna manera, que se dedican sistemáticamente a despedazar las obras de los escritores noveles. Es su función en los periódicos, les pagan por eso. Si una obra no te gusta, no hables de ella. No hay mayor desprecio que la indiferencia. Pero no, es preferible acuchillar la creación de otros con frases rastreras y malintencionadas…»

Baroja asintió, con un suave moviento de cabeza.

«Es cierto», dijo; «estamos rodeados de mediocres e incompetentes, personas sin valor que se dedican a ningunear a quienes se esfuerzan en hacer cosas. Desde que he comenzado a observar el mundo de la cultura no como escritor sino como posible editor, me estoy llevando grandes decepciones. A la mayor parte de los libreros les daría igual vender libros que chorizos. Eso sí, al ser el libro un bien cultural pueden andar quejándose de las escasas ayudas que reciben por parte del gobierno o de lo poco que venden. Y luego, claro, hablas con ellos y no se ponen de acuerdo ni para organizar un maldito Día del Libro. Tendrías que verlos pelear por la ubicación de las casetas…, que si a mí me ha tocado un sitio peor, que si en esa esquina no se ven mis libros… Porque en el fondo su objetivo es vender; por eso ahora los libros duran tan poco en las librerías. En cuanto un título no obtiene las ventas esperadas, lo devuelven. De este modo sólo ves en los escaparates a los autores de las grandes editoriales, que encima pueden hacer presión para lograr el porcentaje que desean. Y nosotros estamos ahí atrás, viéndolas venir, esperando a que se publiquen nuestras obras. No nos damos cuenta de que el mundo editorial no se mueve por reglas o valores literarios sino por factores económicos.»

Me acordé de repente de una frase que me había dicho hacía unas semanas José María García Nieto y que intenté transcribir con mis propias palabras: «Algunas de las cosas que se publican obedecen a intereses que poco o nada tienen que ver con la literatura. Como los premios. Realmente no siempre gana quien presenta la mejor obra. Muchos premios ya tienen su ganador asignado de antemano, y son los agentes literarios los encargados de lograr que un autor lo obtenga. La honradez literaria ha dado paso al *marketing* despiadado, a promociones en las que el autor más parece un vendedor de pollos o una modelo de Wonderbra que un escritor. Aparece en las tertulias, en los dominicales, va de ciudad en ciudad como un buhonero. Como dijo hace poco Martin Amis, «vivimos en la cultura de lo efímero, en la que todo se renueva constantemente pero nada aporta novedad». Pocas editoriales apuestan por la literatura con mayúsculas. Son más bien buscadores de *best-sellers*. Pero no nos engañemos. En el fondo lo que priman son las obras fáciles, que puedan leerse en el metro o en el autobús de camino al trabajo, y que no supongan mucho esfuerzo para los lectores. No hay una literatura comprometida y arriesgada como pueden hacer Rafael Chirbes o, en ocasiones, Antonio Muñoz Molina. Pero es lógico, son autores a los que se les exige que estén en el candelero prácticamente todo el año para que se oiga su nombre y se les oiga a ellos. ¿Y qué calidad puede tener una novela que has escrito en menos de un año?»

«Tú acabarás publicando», aseguró Baroja al tiempo, como una forma de detener el monólogo en el que se veía envuelto.

Lo miré con una mueca de agradecimiento.

«A este paso, antes lloverán ranas», dije a modo de sentencia.

Baroja me obsequió con una sonrisa a la que no encontré significado. Cogió su vaso y bebió un gran sorbo.

«Bueno», apuntó, «ocurrió una vez en un pueblo perdido de Estados Unidos. En la América profunda de Bush. Es la historia que se cuenta en aquella película de Paul Thomas Anderson, *Magnolia*, ¿la has visto? Caen ranas como una plaga egipcia en un siglo equivocado. Ranas sobre los parabrisas de los coches, cubriendo el asfalto de ancas; una carretera de cadáveres, un lejano croar…»

Imité su sonrisa y le ofrecí la mía.

«Ya ves», dijo, «cualquier cosa es posible. O como decía Sabina, «más raro fue aquel verano que no paró de nevar». Además, aunque digas que no, tú eres escritor. Lo sabes cuando te enfrentas a una página en blanco o cuando te pasas el día dándole vueltas a una historia. El sentimiento de escritor va mucho más allá de tener o no un libro publicado.»

«Sí», asentí, «eso mismo me dijo una vez Kepa Murua.»

«Pues eso. La editorial da igual. Y si no publicas con él lo harás conmigo si de una vez decido tirar hacia delante con lo de mi proyecto.»

Dejé que un breve silencio expresara mi opinión.

«¿Cómo va ese tema?», me interesé. Hasta ese instante sólo habíamos hablado de mí y ni siquiera me había planteado cómo iba dando forma a su idea.

Baroja carraspeó un par de veces, quizá en un intento de darse tiempo para buscar las palabras adecuadas.

«Pues no sé», aseguró. «Si te digo la verdad creo que de momento me encuentro en un punto muerto del que me está costando salir. Y no es sólo por cuestión de dinero sino por la escasa acogida que está teniendo la editorial en las personas que creo que deberían interesarse. Hablé el otro día con Tirso Arana, no sé si le conoces. Es el presidente del Gremio de Editores, un poco el que se encarga de organizar todos los tinglados literarios de este *paisito*, como lo llama Pedro Ugarte. Le expliqué por encima la idea y me dijo algo así como que a nadie en su sano juicio se le ocurriría intentar crear una editorial para escritores vascos, noveles y en castellano. Era como si mis palabras le sonaran a blasfemia: una especie de herejía ante el Gran Inquisidor. Levantó las manos hacia el cielo y exclamó: ¡en Euskadi! Y yo le hablé de Bassarai y de la labor que está llevando a cabo Kepa Murua, o al hecho de que muchas editoriales vascas se hayan lanzado a la publicación de obras en castellano. Mira cómo empezó Toti Martínez de Lezea… Nadie daba un duro por ella cuando publicó en Ttarttalo y ahora todo dios se la rifa. Pero el tío se cerró en banda: si quieres ganar dinero no montes una editorial, me dijo. Y menos en castellano. En todo caso podía publicar en euskera y aprovechar así las ayudas del Gobierno vasco. O hacer cosas del tipo de esa editorial, Amanecer, que recurre a la coedición con sus autores. Y si haces un cálculo de lo que le cuesta publicar un libro y de lo que te cobra por hacerlo, te das cuenta de que has sido tú el que ha costeado la edición. Pero ellos viven de la vanidad del autor, porque ése es su negocio. Lo demás es tirar el dinero en proyectos absurdos... Pero no te creas, también hay cosas peores, editores que publican libros repletos de erratas que no han tenido ninguna intención de corregir, o que falsean la tirada para que el Gobierno les dé la correspondiente subvención. O esos otros a los que ni se les pasa por la cabeza pagar derechos de autor: para ellos publicar el libro ya es suficiente. Hacen tiradas digitales de cincuenta ejemplares que venden en las presentaciones a los amigos del escritor. Como editores mantienen un catálogo vivo que les permitirá entrar en las ayudas del Gobierno. El resto, toda esa parafernalia que les llena la boca sobre su labor editorial o el impulso que están llevando a cabo de la literatura vasca es mentira. Ni siquiera sé cómo coño se puede mantener el globo editorial. Oí decir hace poco a un distribuidor que si reclamasen el dinero que las editoriales les deben todo el tinglado de los libros iría a la quiebra. Claro que si tenemos en cuenta que entre distribuidores y libreros se llevan más del cincuenta por ciento del precio de venta de un libro, no me extraña que cualquiera se pueda ir al garete. Una vergüenza...»

«Son como cualquier intermediario», dije. «También los agricultores se quejan de que les pagan una mierda por la fruta que luego se vende en el supermercado diez veces más cara. Pero comer es una necesidad. Leer sólo un vicio.»

Nos mantuvimos durante unos segundos en un silencio expectante, que nos resultó molesto a ambos porque parecía indicarnos lo poco que podíamos avanzar en todo aquello, él como editor, yo como escritor. La historia de las Alba hacía tiempo que había desaparecido de la conversación mostrándome que sólo me interesaba a mí. Incluso el propio Sergio Arrieta había decidido descartar el tema para centrarse en otros argumentos. Nuestras vidas giraban alrededor de la creación, buscábamos en la existencia de los otros los pequeños apuntes que nos ayudaran a completar una historia; íbamos de un lado a otro presentando nuestros manuscritos, cruzando dedos para que un jurado adormilado por la ingente cantidad de relatos para leer se viese de pronto sorprendido por las ingeniosas líneas de un texto que llevase nuestro nombre. Pero nosotros no éramos ni Borges ni Monterroso. Aunque supongo que ellos tampoco lo habían sido al principio.

«No comprendo», apunté al cabo de varios sorbos de café en un intento de llevar la conversación por otros derroteros, «a esa gente que no tiene ninguna inquietud artística o creativa, que sólo piensa en cobrar a fin de mes y que se pasa el día hablando de jamadas, de putas o de lo bueno que salió la cosecha de vino del noventa y uno. Sin olvidar el fútbol, por supuesto. La nueva religión de la clase media. Muchas veces me pregunto qué tipo de inquietudes tendrán esas personas que no se dedican a la creación. Cuando pienso en ello creo que sus vidas estarán vacías, que les faltará algo...»

«Al contrario», negó Baroja; «somos nosotros los que nos sentimos vacíos. Es la publicación de nuestras obras la que nos relanza a la vida con esa especie de subidón de adrenalina. Pero enseguida volvemos a caer en nuestra particular melancolía creativa. Si te fijas, la obsesión es tal que acabamos convirtiendo nuestras conversaciones en algo monotemático. Una reunión de escritores es como un velatorio de plañideras que sorben cócteles de lágrimas mientras degustan sus fracasos. Sus frases son críticas mal disimuladas y sus sonrisas están pintadas de mentira. Muchas veces es mejor no participar en ellas. En cambio, el resto de personas buscan la felicidad formando pequeñas familias perfectas con sus hijos y su casita, y disfrutan con sus charletas sobre el sabor de la codorniz glaseada o los rollitos de manzana con salsa de hongos. Eso es para ellos la vida. Y qué quieres que te diga: en ocasiones me resulta más sana.»

«Tengo un jefe», apunté, «que es incapaz de mantener una conversación coherente sobre otra cosa que no sea comida o bebida. Y lo curioso es que le gusta viajar, que se jacta de haber visitado casi toda

Europa y el norte de Africa. Pero va a los sitios con un mapa en el que sólo están señalados los abrevaderos.»

Había un poso de cinismo en mis frases que no supe si Baroja sería capaz de identificar.

«De esa clase de tipos conozco a unos cuantos. Vivimos en un país en el que muchos de los temas importantes se resuelven entre copas de vino. Tenía un amigo que decía que la mayor parte de los negocios los hacía en los bares. Eso explicaba que anduviera siempre dando bandazos de un lado a otro y oliendo a alcohol barato; pero él se ganaba la vida así.»

Hice un gesto ambiguo con los hombros. Luego pregunté:

«¿Crees que con lo de las Alba tendría una buena historia?»

Me observó con la mirada dulce de quien se ha visto envuelto en obsesiones semejantes.

«Quién sabe. Todo depende de cómo plantees la historia. A ti siempre te ha gustado la novela negra, y es un género que se ha vuelto a poner de moda. Que vende. La gente lo que quiere son lecturas que la desconecten del mundo, que la alejen de sus preocupaciones y sus vidas rutinarias. Se lo oí decir hace poco a Carlos Ruiz Zafón con motivo del éxito de *La sombra del viento*. Si tú consigues algo parecido habrás logrado un buen libro. Si no es mejor que lo dejes…»

Volvió a observarme durante varios segundos como si con aquel intervalo quisiera reafirmar su propia frase.

«Pero podrías preguntarte muchas cosas», señaló. «Al menos yo lo haría. ¿Realmente puede alguien desaparecer porque sí? O mejor dicho, ¿puede alguien desaparecer sin que lo echen de menos? En especial cuando se trata de personas que salen con cierta frecuencia en los medios, aunque sean tan locales como los de aquí. O podrías plantearte cosas más rocambolescas como un asesinato doble por motivos de dinero, en el que el asesino ha tenido buen cuidado de que los cadáveres no aparezcan. Y si sigues esta pista, enterarte de cuántos años han de pasar para que a una persona desaparecida se la considere legalmente muerta. O averiguar si alguien hizo un esfuerzo por saber qué fue de ellas. Como esos rostros que se publican de vez en cuando en los periódicos o en carteles pegados en las paredes. Creo que en Estados Unidos o en Inglaterra colocan las fotos de personas desaparecidas en los *tetra-brics* de leche. Sistemas absurdos pero que demuestran que al menos alguien se preocupa por ti.»

«Me da la sensación de que ellas se esfumaron sin que a nadie pareciera importarle; que su desaparición no causó revuelo, pena o como quieras llamarlo entre las personas que las conocían. Desaparecieron y nadie se preguntó el porqué, apenas se hizo nada por averiguar qué había sido de ellas. Y luego está el asunto del cadáver aparecido en Bakio... El periódico enseguida se lanzó a otorgarle un nombre, como si hubiera estado meses esperando a que apareciera. Y si realmente es el cuerpo de una de las hermanas, dónde está el de la otra. Puestos a imaginar hasta he pensado en un fratricidio.»

«Igual es que no lo hicieron.»

«¿El qué?», pregunté.

«Desaparecer. Quizá fue sencillamente que prefirieron que la gente las olvidara.»

3

Una tarde, en una charla sobre poesía visual, el poeta Mikel Jáuregui me dijo que el arte es muchas veces fruto del azar, de elementos díscolos que se sublevan para ejercer su libre albedrío. O de esas hadas que, en opinión de Sergio Arrieta, revoloteaban a nuestro alrededor y dirigían nuestros pasos por el buen camino. «A veces tengo la sensación de que las historias ya están ahí, como una nube que sobrevuela y nos atrapa con su red creativa, y que son unas hadas con nombre de Musas las que nos susurran al oído lo que tenemos que escribir. Son ellas las que cuentan las historias y nosotros un mero instrumento para llevarlas al papel, su propio bolígrafo de carne y orgullo.» Puede que Arrieta se hubiera convertido sin pretenderlo en ese instrumento del que él mismo hablaba. La cuestión es que al cabo de unas semanas fue nuevamente mi amigo quien me puso sobre la pista de las hermanas Alba. Y de igual forma fue a través de un recorte de periódico por el que pude enterarme de algo más sobre ellas. En esta ocasión era otro artículo de *El Correo*, y concretamente 'La Mirilla', la sección que lleva a cabo a diario el periodista Txema Soria y en la que se muestran actividades de corte sociocultural acaecidas en Vizcaya. En la que nos atañe se entregaban los Primeros Premios de Canto Fundación Alba.

«¿La Fundación Alba?», inquirí.

Arrieta me observaba con un gesto mezcla de picardía y complicidad.

«La Fundación apoya desde hace un par de años la cultura de base en Vizcaya», apuntó. «Lo pone en el artículo. Las presidentas eran las hermanas, desaparecidas misteriosamente como tú bien sabes. A falta de ellas nos queda la Relaciones Públicas, el pedazo de mujer que aparece en esta foto», dijo señalando una de las imágenes. «Su nombre es Aranzazu Reyes. Fíjate bien en esa cara porque he concertado una cita para pasado mañana.»

En mi rostro debió de reflejarse una enorme exclamación a juzgar por la ruidosa carcajada de mi amigo.

«Sí», asintió; «conseguí el teléfono de la Fundación. Tiene su sede en la calle Lutxana, pero nos veremos con Aranzazu en un bar cercano, ese al que me llevaste una vez con tu amigo Aitor Baroja.»

«Pero cómo se te ha ocurrido», dije. Arrieta no dejaba de sorprenderme. Días antes me preguntaba por qué mi amigo había preferido abandonar la historia de las Alba. Y ahora él mismo me ofrecía la posibilidad de avanzar en ella.

«Bueno, es una forma de que sigas con tu novela», explicó. «Si no podemos descubrir nada, lo mejor es forzar un poco los acontecimientos. Y además, ¿la has visto bien?», preguntó golpeando con el dedo sobre la fotografía. «Sólo por ver de cerca esa carita merece la pena quedar con ella.»

Quedamos con Aranzazu Reyes dos días más tarde. La compañía de Sergio Arrieta me brindaba, además, la seguridad que necesitaba: él siempre ha sido un hombre de trato amable y sonrisa acelerada; su presencia me facilitaría la labor de hablar con nuestra interlocutora.

Apenas habían dado las doce cuando llegamos al bar, pero Aranzazu Reyes ya nos esperaba sentada junto a la barra. Le habían servido lo que parecía un refresco de cola y estaba a punto de dar un sorbo cuando nos vio entrar. Se levantó. Vestía de negro, con una falda por encima de las rodillas y unas botas altas de ante y tacón plano. Su camisa se ajustaba al cuerpo dibujando unas curvas proporcionadas y atractivas de las que no fuimos ajenos, con dos de los botones estratégicamente desabrochados para que nuestros ojos se recrearan en la blancura perdida de su piel.

Sonrió y nos ofreció su mano. Correspondí al saludo tendiendo la mía. Sus dedos estaban fríos y se unieron a los míos en un recio apretón. Estaba acostumbrada a calibrar a la gente y su saludo era una primera forma de hacerlo. Muy profesional, pensé inmediatamente e intenté que mi mirada no se perdiera en otra parte de su cuerpo que no fueran sus ojos. Arrieta, por el contrario, buscó su rostro con un par de ósculos sonoros y se deleitó en la contemplación de la mujer.

«¿Queréis tomar algo», preguntó.

«Un blanco», pidió mi amigo.

«Un rioja», dije yo.

Nos indicó señalando una mesa que nos sentáramos mientras ella pedía las consumiciones. Se movía con la elegancia de un gato, el cuerpo muy recto, la barbilla suavemente elevada hacia el cielo. Se acercó hacia nosotros con pequeños pasos. Parecía medir el terreno. O medirnos a nosotros. Por unos segundos me dio la impresión de que se hallaba a la defensiva. Aunque puede que sólo fuese una sensación. Me pasa con algunas personas: las veo una primera vez y estudio sus reacciones buscando un modo de comportamiento, que luego no es ni similar a como he imaginado.

«Vosotros diréis», animó.

«Trabajamos para *Bilbao Digital*», atacó Arrieta, «y nos gustaría publicar un reportaje sobre la labor que está llevando a cabo la Fundación Alba para impulsar la cultura de este país.»

Sus palabras era rotundas, decididas, cargadas de contundente verosimilitud. Arrieta sabía sacarse argumentos de la manga que dieran pie a la mujer a explayarse abiertamente sobre la Fundación. Me sorprendió darme cuenta de que yo, en cambio, no había buscado una excusa plausible que explicara nuestra entrevista con ella. Cinco años de carrera y era incapaz de inventarme una razón para estar allí. Me limité, por tanto, a dejar que mi amigo llevara las riendas de la charla.

«La Fundación Alba surgió hace dos años», explicó Aranzazu. «Lorea y Lara siempre estuvieron interesadas en el desarrollo sociocultural del País Vasco, y en especial del Gran Bilbao, al considerar que la cultura era la única vía para unir a las personas. Por este motivo pensaron en una fundación que sirviera para organizar y promover eventos de carácter cultural, y premiaran a su vez el impulso de todos aquellos que colaboran en el desarrollo de nuestra sociedad.»

Aranzazu nos miró con una impecable sonrisa. No cabía ninguna duda de que tenía estudiadas todas las respuestas y sabía recitarlas sin que se notase que se las había aprendido.

«¿No van a tomar nota?», preguntó de improviso.

Tampoco había caído en la cuenta de que para ser verdaderos periodistas nos faltaba algo más que falso interés. Pero a mí la mujer comenzó a darme mala espina. Había demasiada seguridad en sus movimientos. Y me molestaba esa sensación de mujer atractiva que juega con ello para despistarnos. Saqué el dietario y un bolígrafo, hice un gesto a modo de disculpa y le pedí que continuara.

«A mi compañero le cuesta reaccionar cuando admira unos ojos bonitos», se excusó Arrieta. Y como si su comentario hubiera sido intrascendente continuó su interrogatorio: «¿Podría concretar qué tipo de actividades centran el interés de la Fundación?»

La mujer dio un gran sorbo a su refresco. Pensé que se estaba dando tiempo para calibrar a mi amigo o para calibrarnos a ambos. Seguramente estaba acostumbrada a que le lanzasen piropos pero Arrieta tenía la habilidad de que los suyos salieran con un inusual descaro. Y siempre en el momento preciso.

«Promovimos inicialmente unas jornadas sobre desarrollo sociocultural», apuntó ella. «A éstas siguieron unas becas de creación artística destinadas a jóvenes estudiantes. Recientemente hemos patrocinado un certamen de canto, cuyos premios se entregaron hace unos días. Y tenemos pensado organizar un concurso literario que premie aquellas obras que ofrezcan una imagen positiva del País Vasco.»

Durante varios minutos Aranzazu Reyes desplegó todo un listado de virtudes sobre la Fundación y las hermanas: dos mujeres comprometidas con su entorno, «de una belleza tanto exterior como interior», dijo sin inmutarse; dos personas a las que cualquier ser humano hubiera querido conocer, dos seres luminosos, puros, llenos de gracia… Una descripción que sólo por lo exagerado me sonó a mentira.

En realidad, la entrevista me parecía una gran falacia. Me sentía lejano a todas aquellas virtudes, porque lo que necesitaba era un conocimiento de las Alba que no sabía si la mujer estaba dispuesta a ofrecerme. Y ella hablaba como si sus palabras nos envolvieran, y cada sílaba fuese importante por sí misma o no dependiese de las demás para obtener un sentido.

«Es una lástima que las hermanas no puedan ver la gran labor que está llevando a cabo la Fundación», dejé caer buscando en Aranzazu algún tipo de reacción. No la hubo, así que pregunté inmediatamente: «¿Cuántas personas trabajan en ella?»

«Por el momento somos un equipo de cinco mujeres», explicó.

Miré a mi amigo, que debió de entender mi inquietud: faltaba algo de verdadero interés, lo que habría dado lugar a una noticia de portada y principalmente lo que desmadejara el hilo de la información que habíamos ido a buscar.

«¿Tiene su desaparición algo que ver con el hecho de que se hayan organizado este año los Primeros Premios de Canto?», atacó entonces. «¿No hay ningún indicio que pueda explicar a qué se debió ésta? ¿Qué se ha hecho por parte de la Fundación para intentar localizar a sus promotoras? ¿Creen que el cadáver aparecido en la playa de Bakio hace unas semanas pertenece a una de ellas?»

Aranzazu nos miró con recelo. Quizá no fuese la primera vez que lo hacía, pero sí la primera que nos resultó evidente. Habíamos tocado algún resorte que la obligó a recular y que descolocó su pétrea estructura defensiva.

«Por supuesto que no», negó con rotundidad, aunque no supimos a cuál de las cuatro preguntas respondía. Apuró lo que le quedaba en el vaso y se levantó. «Bueno», dijo, «he de dejarles: dentro de cinco minutos tengo una reunión en la que es absolutamente necesaria mi presencia.»

La vimos marchar y alejarse hacia un horizonte de edificios, oscura, hermosa, moviendo su cuerpo delgado como el péndulo de un reloj de pared. Pensé entonces que mis suposiciones podían tener sentido y que quizá las hermanas Alba escondieran algún secreto que merecía la pena desenterrar.

Arrieta seguía sin perder de vista la estela de la mujer.

«Salí durante varios años con una chica», comentó volviéndose hacia mí. «Se llamaba Tatiana. Una mujer preciosa… Su abuelo era uno de esos niños que enviaron a Rusia durante la Guerra Civil. Ella era medio rusa, medio vasca. Un encanto…, tenías que haberla conocido… No sé por qué razón esta chica ha hecho que la recuerde. El mismo modo de andar, su mismo rostro de ángel que te haría perder el paraíso o entrar en él. Y sobre todo la misma forma brusca de despedirse cuando el tema la incomoda.»

«O sea, que tú también te has dado cuenta», dije. En su rostro se formó el esquema de una sonrisa.

«Por supuesto», asintió levantándose de la silla, «incluso un ciego se habría dado cuenta. Y creo que no sólo le ha molestado mi pregunta, sino que además puede que tengas historia. O sabe algo de la desaparición de las Alba o está tan cansada de responder a preguntas sobre ello que prefiere escurrir el bulto. Y no creo que sea esto último.»

Se acercó a la barra y pagó las consumiciones.

«Gran mujer, sin duda. Y una belleza, amigo», dijo a su vuelta. «No creo que le hayan faltado nunca proposiciones indecentes. En fin, hay mujeres que se te incrustan muy dentro, por las que podría dar cualquier cosa.»

Hice un gesto afirmativo.

«Ya me he dado cuenta de que no le quitabas el ojo de encima», apunté.

«Los ojos. Con uno solo no hubiese podido disfrutar de los suyos. Aunque desde el principio he tenido un problema con ella. No sabía si mirarla a la cara o al escote.»

«¿Y qué has hecho?»

«Le he mirado al escote, por supuesto. Hay oportunidades que un hombre no puede dejar pasar.»

Reí con ganas la ocurrencia de mi amigo. Arrieta era capaz de provocar con sus frases que olvidara la razón que nos había llevado hasta Aranzazu Reyes.

«Pero no hemos sacado nada en limpio», le hice notar.

«Qué mas da. Sólo por ver cómo se movía ha merecido la pena la reunión. Parecía una hada de perfume travieso revoloteando a nuestro alrededor.»

Me despedí de mi amigo con la promesa de que le tendría al corriente de mis progresos. He de admitir que todo lo que iba logrando para incrementar la carpeta de las Alba se debía más a suposiciones que a verdaderos descubrimientos. Y, evidentemente, aún no había empezado a escribir. Los días seguían su curso sin que construyera una sola línea que hablara de las hermanas. Parecía como si todo el guion de la historia estuviera en mi cabeza dispuesto a brotar y no hallase el momento de hacerlo.

Tampoco podía imaginar que mi guion cobraría vida en menos de una semana y que fuera la casualidad la que me abriera de nuevo las puertas de las suposiciones.

Una ciudad como Bilbao crea ciertas complicidades que no se darían en otras urbes mucho más populosas. Bilbao tiene esa medida que permite coincidir con una persona varias veces en lugares diferentes, aunque la única relación con ella sea verla salir cada mañana del metro. Días después de nuestra reunión con la Relaciones Públicas de la Fundación Alba, la propia ciudad hizo que me topara con ella en plena Gran Vía.

Tardé en reconocerla: de espaldas es complicado identificar a una persona a la has procurado mirar únicamente a los ojos. Cuando me di cuenta de que era Aranzazu Reyes, mi intención inicial fue acercarme a saludar. Sin embargo, una especie de fuerza interior me hizo controlar el primer impulso. En realidad, la mujer no me había caído bien. Admito que Sergio Arrieta se hubiera dejado seducir por su envoltorio de lujo. Y para qué vamos a engañarnos. Yo también había deseado deslizarme a través de la piel blanca que mostraba su escote. Pero no era el momento adecuado. Se suponía que estábamos allí para averiguar algo más sobre las hermanas, no para dejarnos llevar por nuestra libido desbocada.

Sin embargo, tras la reunión me había quedado una sensación de desasosiego. Realmente no habíamos obtenido nada de ella, pese a que sus bellas palabras y su disfraz de Barbarella intentaran hacernos creer lo contrario. En la calle, Aranzazu se hallaba en inferioridad de condiciones por la sencilla razón de que no podía estar a la defensiva si no sabía que la observaban. Decidido como estaba a sacar provecho de todo aquello, nuevamente el azar me regalaba una buena mano que no podía desperdiciar.

Hacía calor. El mes de julio había aparecido de improviso con su descenso a los infiernos y quizá por este motivo Aranzazu caminaba despacio. Vestía de blanco, una camiseta ajustada de tirantes que le marcaba el sostén, y unos amplios pantalones de hilo. En los pies, unas sandalias dejaban al descubierto la clara piel de sus talones. Llevaba anudado a la cintura un fino jersey de punto que le ocultaba el trasero y que se iba deslizando por los muslos al andar. Cada pocos metros se detenía, se colocaba correctamente el jersey y apretaba el nudo hecho con las mangas. Un gesto humano, me dije. Hasta los glaciares se derretirán algún día por efecto del calor.

No sé qué me indujo a seguirla. Puede que fuera un acto reflejo, o que realmente no tenía nada mejor que hacer aquella tarde. Pero me vi de repente caminando a pocos metros de la mujer, escondiéndome entre otros cuerpos que también escapaban de los estragos del sol, observando cada uno de sus movimientos como si con este análisis obtuviera alguna clase de respuesta o la teoría para una complicada ecuación matemática. Desconocía qué estaba haciendo allí ni por qué narices espiaba a aquella mujer. Y ella parecía estar gobernada por el piloto automático de un avión transoceánico: lento y sin rumbo aparente.

Acostumbrado como estoy al cine negro y a las historias en las que se presupone algún tipo de misterio, pensé que la persecución me iba a llevar a algún sitio, que descubriría la historia que andaba buscando y que por fin tendría un inicio digno para mi novela. En los libros, los acontecimientos se desarrollan en un orden perfecto y cada pieza ocupa su lugar en el rompecabezas. Al escribir yo buscaba que cada página tuviera una coherencia interna, que no existiera ningún resquicio ni frases que chirriasen. A veces lo conseguía obteniendo un conjunto armónico, una obra que me emparentara en la distancia con los maestros. Decía Alfred Hitchcock que todos los planos de sus películas tenían un sentido dentro de ellas, que no rodaba escenas superfluas o gratuitas. Por el contrario, la vida suele estar repleta de movimientos de cámara innecesarios, de instantes cubiertos de polvo y somnolencia, exultantes de gratuidad. Y yo allí, como la vulgar sombra de una mujer me sentí ridículo. Únicamente me dedicaba a elucubrar sobre los acontecimientos y a especular como un nefasto detective. Ni escribía ni había nada que escribir que mereciese el interés de otra persona que no fuese yo. Me lo había advertido Aitor Baroja: si no era capaz de crear un texto que atrapara en sus redes a cualquier lector, lo mejor que podía hacer era olvidarme de todo.

Alcanzamos la Plaza Circular en poco más de quince minutos y fue en este punto cuando la vi hacer un gesto extraño. Miró a cada lado de la plaza, preocupada, como si no supiera qué dirección tomar. O como si esperase ver a alguien que no acababa de aparecer. Pensé incluso que había advertido mi presencia, por lo que me mantuve escondido tras un kiosco, simulando que me interesaba por unas revistas.

Aquel instante de indecisión de la mujer volvió a animarme. Por un momento creí que sacaría algo en claro de todo aquello. Pero era inútil. Ella volvió a colocarse bien el jersey y se encaminó hacia el Ayuntamiento por la calle Buenos Aires.

Aranzazu Reyes sólo regresaba a su casa. Así de sencillo y evidente. Y lo fue mucho más cuando llegó a un portal y llamó a uno de los pisos. Toda la persecución, todas mis suposiciones sobre las Alba se vinieron abajo. En aquel portal y en aquella mujer no había más que un retorno cansino al hogar. No había historia. No había misterio. No había llave que escondiera un tesoro o la explicación razonable a una desaparición. Sólo era un minuto más en la vida de una persona, otro de esos instantes gratuitos que con mi presencia estaba alterando. Y mi persecución no era sino un vano intento de hallar argumentos que no existían, porque, como le había dicho a Ainara, la realidad siempre se decanta por razones más sencillas. Era en todo caso un intento de esconderme de una realidad aún más cruda: la de que era incapaz de buscar razonamientos o de ponerme en el lugar del otro para entender sus reacciones y así crear, como había señalado Amos Oz. Y me conformaba con perseguir a un personaje real para descubrir qué había sido de mis protagonistas ficticias.

La vi esperar varios segundos más a que le abrieran el portal. Luego volvió a llamar. Bien, me dije, hasta aquí. Era suficiente. No podía continuar espiándola como un vulgar ladrón de momentos.

Fue entonces cuando vi salir a las dos mujeres.

4

En una ocasión escuché decir que Virginia Woolf había sido una mujer afortunada porque su vida se había desdoblado en dos, la suya propia y la de los personajes que como escritora había creado. Aquella noche mis manos garabatearon cientos de líneas fugaces como una forma de hallar un sentido a la presencia de las dos mujeres que había creído reconocer junto a Aranzazu Reyes pero sobre todo a lo que quería escribir. Poniendo en orden mis pensamientos, plagando las hojas de frases que completaran un puzle de ideas y posibilidades. Así durante horas de impulso, hasta que finalmente el sueño hizo que mi rostro cayera aturdido sobre las hojas escritas y la mañana volviera a irrumpir con el sonido del despertador.

Tal vez en otras circunstancias la realidad de uno hubiera dejado a la ficción campar a sus anchas en su desdoblamiento esquizofrénico. Sin embargo, cuando el reloj marcó con su zumbido la hora de levantarse, la historia de las Alba se diluyó en mi mente y se reintegró en la costumbre, en esa pastilla azul que tomamos a modo de desayuno y que nos insufla la dosis diaria de normalidad. O en ese sentimiento de creernos útiles que nos lleva a pensar que nuestro día de trabajo será mejor que el anterior. Una ducha de agua templada, las imágenes del televisor anunciando que cualquier mañana es proclive a la muerte, la espuma de afeitar, la pasta dentífrica y, al fin, vestido de ser humano, la calle que nos aguarda con sus luces encendidas.

Mis pasos no eran diferentes a los de otros días, ni siquiera mi cabeza tenía en cuenta lo que había escrito durante la noche. Aunque, para qué voy a negarlo, el descenso hacia el trabajo lo fue también hacia la certidumbre de que iba por buen camino, de que en las hermanas Alba podía encontrar una historia que finalizase en novela o cuando menos en un misterio que descubrir. Hasta aquella noche los datos se almacenaban sin orden en mi cabeza, algunos amontonados en una carpeta que no abría más que para incluir documentación adicional o para cerciorarme de que en verdad quería escribir sobre aquel tema prestado por Sergio Arrieta.

A veces, cuando uno escribe desearía que el reloj del mundo se detuviera para poder continuar de la mejor manera el argumento en el que está inmerso. Dios, sin embargo, se empeña en proponernos otros destinos que poco tienen que ver con lo que deseamos y que en mi caso estaban ligados a un ordenador, a un mostrador en el que se agolpaban los clientes y a una empresa con aroma a tinta y disolvente.

Como todas las mañanas, a las ocho en punto, Celestino, mi jefe, abrió la empresa. A lo lejos pude escuchar el sonido metálico de las persianas. Habitualmente, yo accedía al local con la pereza del que prefiere lanzarse al vacío sin paracaídas que comenzar una nueva jornada. Pero esto también formaba parte de mi ritual diario. Los días se me hacían tan repetitivos y espesos que sólo el mero hecho de levantarse por las mañanas me producía ansiedad. Miraba el reloj del ordenador con el deseo de que cada vistazo conllevara el avance rápido de los minutos. Y no porque fuera un mal trabajo: tenía cierto componente creativo y un buen horario, pero notaba que cualquier chispa podría habernos hecho saltar por los aires. Y no por culpa de los productos químicos.

Aún no me había dado tiempo a encender el ordenador cuando Celestino me interrogó sobre un trabajo que habían traído la tarde anterior. Una pregunta absurda a modo de saludo en un lugar equivocado. El día volvía a comenzar con la sensación de rutina.

«Acabo de llegar», dije. «Y el trabajo me lo entregaron ayer.»

Algo extraño debió de notar en mi voz a tenor de su respuesta.

«Tampoco tienes por qué ponerte así. Sólo he preguntado si lo has hecho.»

«No he podido. Y hoy tengo varias cosas pendientes.»

«Lo necesito para dentro de un par de horas», remarcó.

Era curiosa la urgencia que tenían ciertos trabajos en la empresa. Normalmente, los pedidos se realizaban sin orden y sin tener en cuenta la fecha de entrada. De esta forma, la entrega de cada uno dependía de la amistad del cliente con los dueños del negocio, de la urgencia que tuviera aquel o de lo sencillos que resultasen a la hora de montar en máquina. Si por alguna circunstancia al cliente se le ocurría expresar que no tenía prisa, su pedido podía terminar en cualquier esquina del local en espera de que llegaran las Navidades. Cualquier excusa era válida para no tener a tiempo el trabajo. Karmelo, mi otro jefe, era un experto en sacarse mentiras de la manga: «No sabía que te corriera prisa», decía sin advertir que el trabajo era una publicidad para una tienda que se abría dos días después. «Hemos tenido unos meses con fuertes golpes de currelo.» «Tuvimos la plegadora estropeada la pasada semana.» O ya en el súmmum del despropósito, maravillas como aquella que expresaba que, si no se había hecho algo, era sencillamente porque NADIE le había advertido que se tenía que hacer. Había veces en que los pedidos se apilaban desordenados durante meses sin que Karmelo se atreviera a desempolvarlos. El cliente, atónito por la tardanza, no sabía si protestar con energía o limitarse a esperar a que en cualquier momento ALGUIEN decidiera comenzar el trabajo. El caso más extremo había sido el de un cliente que tardó más de seis meses en llevarse un pedido que en condiciones normales se habría entregado en quince días.

Para Celestino era muy difícil mantener un cierto orden en una empresa en la que su socio no le dirigía la palabra. Karmelo resultaba un personaje grotesco que escondía los pañuelos de papel para que nadie los gastara, que borraba con goma las marcas de tinta que le quedaban en los trabajos poco antes de entregárselos al cliente, o que numeraba con bolígrafo las facturas que la numeradora se había saltado porque se había ido a desayunar, a saludar a un amigo o a Dios sabe qué. Sus trabajos salían de la máquina como una baraja de cartas esparcida sobre la mesa, mientras él permanecía tumbado sobre una silla leyendo el periódico. Era la única persona que conocía capaz de imprimir en rojo aunque el color del logotipo del cliente fuese naranja. Y capaz de convencer a ese mismo cliente de que el naranja estaba pasado de moda o de que el rojo era el color que brindaba fuerza y categoría a una marca comercial. También le había visto días enteros sin encender su máquina, moviéndose de un lado a otro del local como si su labor consistiese en medir la distancia entre la calle y el baño. Y al acabar la jornada, lanzar un suspiro que remarcase el agotamiento de un día dedicado al paseo.

Uno pierde la inocencia cuando escucha una mentira repetirse tantas veces que al final la asume como su verdad. Quizá por eso Karmelo estaba convencido de que era el pilar en el que se sustentaba la empresa. Importaba un comino que fuera su socio el que siempre abría el local y que no hubiera hecho aún el más mínimo esfuerzo por aparecer. En su bandeja se amontonaban los pedidos desde hacía un mes. Y sin embargo, Celestino me reclamaba un trabajo que apenas llevaba unas horas sobre mi mesa. Tal vez por la conjunción de todas esas cosas yo prefería esconderme como Virginia Woolf en mi particular mundo de creación, para evitar darme cuenta de la mediocridad que me rodeaba. O simplemente porque uno siempre piensa que se merece algo mejor.

Ante las exigencias de Celestino me mantuve en uno de esos silencios que expresan cualquier cosa. Mi jefe debió de entender que lo tendría terminado en el plazo que me había marcado. Era preferible actuar así que mostrarle que no me iba a dar tiempo a hacerlo. Vi cómo se metía en el taller. Me senté. En mi cabeza deambulaban ideas que poco tenían que ver con la empresa. Hacía apenas unas horas había visto cómo un coche recogía a Aranzazu Reyes y a las dos mujeres. Luego se habían alejado veloces en dirección al Ayuntamiento. Ni siquiera había tenido tiempo de coger el número de la matrícula. Además, de qué hubiera servido. O mejor dicho, para qué iba a hacerlo. Y de haberlo hecho, qué podía haber descubierto.

Entré en el Outlook Express y me conecté a Internet. Cada día, al llegar a la empresa miraba los mensajes del correo electrónico. Tenía que hacerlo con rapidez porque ocupaba la línea telefónica y muchos de los mensajes que recibíamos eran personales, fotos que me enviaban los amigos o convocatorias para algún certamen literario. Aquella mañana sólo tenía uno de Sergio Arrieta:

«Amigo, una mujer como Aranzazu sólo puede ser portadora de oscuros secretos. Si no los desvelas tú tendré que ser yo el que busque una nueva cita con ella, ja ja… Un pequeño duende me dice que tienes historia. Ánimo.»

Sonreí para mis adentros. En el bolsillo de mis pantalones vibró el móvil. Tenía un mensaje de Óscar Alonso: *«Cofi?»*. Parecía que ambos se hubieran puesto de acuerdo. Accedí con un escueto *«OK»* que le indicaba que podía acercarse sobre las diez.

Las semanas en las que mi amigo trabajaba de tarde solía pasarse por la empresa a tomar un café. Eso nos permitía retomar durante varios minutos un diálogo sobre la escritura del que nos alejaba nuestro trabajo. A Alonso la obtención del Tiflos le había dado alas para seguir escribiendo. «Llevo meses en los que no paro. Me salen uno o dos cuentos diarios, así, sin apenas proponérmelo. Es como si una fuerza interior me obligara a escribir.» Y él, al igual que yo, necesitaba volcar todos esos sentimientos no sólo en el papel, sino también en conversaciones que reflejaran sus miedos e incertidumbres. Aquellos encuentros nos inducían a hablar de premios, de futuras y esperadas publicaciones, de autores que estaban en lo más alto impulsados no por la calidad, sino por oscuras campañas de *marketing*. Un pequeño poso de envidia, el deseo de acabar siendo como otros, la esperanza de que aún no habíamos sido descubiertos por un editor perspicaz. O visionario.

Me di cuenta de que seguía metido en la Red, así que aproveché para entrar en un buscador y escribir las palabras «Hermanas Alba». Al cabo de unos segundos aparecieron una docena de vínculos que me llevaban a otras tantas páginas cuyo contenido albergaba esas palabras. Eché un rápido vistazo, pendiente de que del taller no saliera mi jefe y comprobara que no estaba haciendo el trabajo que me había pedido. Hermanas Alba. *Elcorreodigital*. Nuevamente 'La Mirilla'. Busqué la información. Una breve crónica de sociedad en la que se las mencionaba como un importante baluarte de la cultura bilbaína.

Algo que ya sabía porque Aranzazu Reyes se había empeñado en repetírnoslo hasta la saciedad. Pero no había fotos, que era lo que en aquel momento más me interesaba. Busqué otra página. *Fundación Alba*. Accedí a ella. *Origen, Actividades, Prensa...* Pinché en el icono *Promotoras*. Se abrió una página en cuyo vértice superior se leía *Hermanas Alba*. En el centro, una fotografía difusa mostraba a dos mujeres esbozando una sonrisa que seducía a la cámara.

Los mismos rostros que había visto salir del portal.

Indiqué al ordenador que me imprimiera la fotografía. Esperé unos segundos y comprobé cómo la hoja salía de la impresora. No era una buena foto. Pero era suficiente para lo que yo quería.

Lorea y Lara: qué podía haber motivado su desaparición. Y si ellas eran las que habían salido de aquel portal, por qué habían pretendido que todo el mundo las diera por desaparecidas. La fotografía no me iba a orientar, aunque el rostro de ambas mujeres reflejaba una fragilidad inusual, volátil, como de juncos azotados por el viento. La imagen mostraba un primer plano de las hermanas: una sonrisa espléndida, cubierta de almíbar, una mirada directa aunque dubitativa, en la que quise ver cierto poso de nostalgia. Físicamente eran tan distintas que ni siquiera parecían hermanas, sólo dos amigas que deciden inmortalizar el momento. La mujer de la izquierda tenía el cabello del color del azafrán, y le caía en bucles enormes que le cubrían la mayor parte de la cara. Sus ojos eran dos esferas misteriosas y profundas dibujadas con carboncillo. Abrazaba con fuerza a su hermana, aunque su mano era pequeña, un esbozo lleno de dedos. La mujer de la derecha brillaba como el sol que reverberaba sobre su melena rubia. Su mirada estaba hecha de mar, y en su boca se pintaba una sonrisa inocente, lejana. La piel de ambas había adquirido un tono canela, por lo que supuse que la foto estaba sacada en verano. El color azul del fondo me indicó que podía haber sido tomada en un paseo marítimo o —me gustaba más esta opción— a bordo de un barco.

Doblé la hoja y la metí en la agenda. El reloj del ordenador marcaba las nueve en punto: llevaba casi una hora navegando por la Red y aún no había empezado a trabajar. Ante esta evidencia salí de Internet.

Mis mañanas en la empresa eran siempre muy parecidas. Llegaba, encendía el ordenador, me conectaba a la Red y me bajaba los mensajes electrónicos que hubieran enviado. Al cabo de unos quince minutos me ponía las pilas y entraba verdaderamente en acción. Hasta entonces había sido un precalentamiento necesario para que mis músculos no se sintieran entumecidos por la falta de uso. Si bien es cierto que esa mañana mi agarrotamiento era debido a que mi mente aparecía dispersa y revoloteaba a mi alrededor como el alma de un muerto cuyo cuerpo se niega a abandonar. No reaccionaba, me hallaba frente a la pantalla sin saber qué hacer o qué pasos dar, como el empleado de una empresa al que acaban de contratar.

Por la puerta de la calle apareció una silueta con aspecto de Papá Noel salido de una rebajas. Sonó el teléfono.

«¿No lo coges?», preguntó.

Se escuchaba de fondo el ronquido de las máquinas, una música de *txalaparta* y tambores africanos. Dejé que un breve gruñido hiciera las veces de contestación.

«Es para ti», auguré.

«Cógelo tú, que para algo te pagamos», ordenó él. Me acordé de su madre, pero hice lo que me decía. Tras un monosílabo con forma de respuesta le tendí el teléfono. En mi rostro una sonrisa le indicaba que había acertado en la predicción.

De mi bandeja de trabajos pendientes saqué el que me había pedido Celestino. Un modelo de factura al que había que añadir algunos cambios, un breve esbozo de lo que tenía que ser un albarán y algunos datos para un tríptico de publicidad. Abrí el FreeHand y creé un documento nuevo. Luego, simulé que trazaba algunas líneas sobre la página en blanco. El resto del tiempo lo dediqué a comprobar cómo Karmelo planificaba su fin de semana: comidas varias, algo de monte en un pueblo cercano, poteo y la sonrojante sensación de que había vidas cimentadas en una desaforada gastronomía.

Óscar Alonso apareció puntual. Con el gesto propio de un tahur le indiqué que me esperara en la calle. Salí del programa que tenía abierto y después de un lacónico «hasta ahora» me fui con mi amigo a un bar cercano.

«Me dijo Sergio que habíais quedado para documentaros sobre la historia esa de las Alba», apuntó poco después de pedir nuestras consumiciones: él un cortado con sacarina, yo un café con leche.

«Sí, estuvimos el otro día con la Relaciones Públicas de una Fundación que lleva su nombre. Hoy mismo he recibido un *e-mail* de Sergio animándome a que siga escribiendo. O a que me beneficie a la chica, con él nunca se sabe.»

«Parece que te has metido muy de lleno. ¿Tienes algo?», preguntó interesado.

Respondí con un movimiento de cabeza cubierto de dudas. Estaba convencido de que había visto a las dos mujeres, de que ellas eran quienes acompañaban a Aranzazu Reyes. Pero no tenía nada más. Al menos por el momento.

«No sé», dije. «Hasta ahora sólo almacenaba datos desordenados en una carpeta. Ayer comencé verdaderamente a escribir. Fue como algo diarreico.»

Revolví el café con la cuchara y me pregunté si merecía la pena contarle lo que había descubierto.

«En realidad tampoco tengo las cosas muy claras. Está por un lado la noticia del periódico, que fue la que me impulsó a escribir. Y por otro la certeza de que en la historia de las hermanas hay más de lo que se ve a simple vista. Lo creía Sergio y ahora lo creo yo. Aranzazu Reyes, la Relaciones Públicas de la Fundación, se puso muy nerviosa en cuanto le hablamos de la muerte de las hermanas. Casi nos dejó con la palabra en la boca, eso sí muy digna y estirada, como una dama de época que de pronto se siente ofendida y se levanta pidiendo que la disculpemos. Creo que en todo esto se oculta algo. Lo que tengo es que saber qué.»

«¿Y qué vas a hacer?», me interrogó.

«Seguir con la historia, documentarme, ver si se puede sacar algo de ella y en cualquier caso rellenar los huecos que me queden vacíos.

Las hermanas dirigían un par de empresas por las que quiero pasarme, si puedo hoy mismo. Y seguramente también me vaya una tarde a Bakio. Necesito buscar un escenario en el que desarrollar la historia.»

No quise monopolizar nuestro desayuno, así que me interesé por sus relatos.

«¿Has enviado alguno?», pregunté.

«Prácticamente todos. Pero ni aun así. Y empiezo a tener mono. Los premios son como una droga. Ganas uno y enseguida quieres más.»

«Tómatelo con calma», le dije. «Date cuenta que en cada concurso pueden presentarse unos mil relatos. Si el diez por cien de ellos son buenos y de éstos otro diez por cien son excepcionales, aunque el tuyo lo fuera aún tendrías que competir contra otros nueve igual de extraordinarios. Y ahí ya entra en juego la valoración del jurado, su estado de ánimo a la hora de leer los relatos, sus gustos personales, el tema que trates o simplemente las ganas que les hayan quedado de enfrentarse a otro texto después de haberse leído un montón de relatos decepcionantes. Y esto para esos premios de cuantía económica media. Como te metas en premios gordos, ya las posibilidades son ridículas.»

«Me han dicho que dentro de un par de semanas celebrarán una comida de escritores», anunció mi amigo.

«¿Quién la organiza?»

«Creo que Pablo González de Langarika. Una especie de reunión para cerrar el curso.»

Resoplé: eran encuentros que cada vez me apetecían menos. Al principio acudía a ellos con la mirada inocente de quien desea codearse con autores a los que admira. Pero había una tendencia al corro, a la formación de grupos de interés, o a las sonrisas forzadas halagando la calidad de una obra para denostarla segundos después.

«No recuerdo dónde leí que los escritores éramos como una plaga de vampiros, capaces de chuparnos la sangre unos a otros mientras nos dedicábamos la mejor de las sonrisas», apunté.

«Quizá no vampiros», aportó Alonso, «pero sí personas a las que nos puede la vanidad y la envidia. Entrar en una tertulia de escritores es saber que apenas tendrás oportunidad de opinar. Los hombres sólo hablan de sí mismos, sin hacer el más mínimo caso al que se sienta a su lado. Y de las mujeres... ¡buf!, de dos que conocemos, una es etérea y la otra está loca.»

«¿A quiénes te refieres?», pregunté.

«A las dos Marías. Gondra y Amarika.»

«Es cierto», afirmé sonriendo. «La una es como una echadora de cartas, siempre en las nubes. Y a la otra hay que oírla. Una vez estuve con ella para una entrevista sobre uno de sus libros de poesía. Delirante. Me miraba como si no entendiese mis preguntas. Y en sus respuestas no conseguía juntar más de diez palabras seguidas. Estuve toda la entrevista hablando yo. Lo que no sé es cómo ha podido casarse con Pepiño. Parecen los Roper. El sexo debe de ser entre ellos algo místico. Lo harán protegidos por un enorme condón que cubra cada milímetro de su piel.»

Alonso acompañó la frase con una explosiva carcajada.

«A veces me pregunto», dije serio, «por qué les dejan escribir en ciertos suplementos culturales. Para Gondra no hay ningún autor bueno si no es extranjero o mujer. El resto sólo sirven para la noche de San Juan. Pero bueno, si lees los comentarios de Pepiño sobre la literatura que se hace por aquí entonces ya es como para emigrar. No le he oído decir nunca nada positivo de ningún escritor vasco. Incluso de aquéllos a los que llama «amigos». Y si escribes y encima vendes ya ni te cuento. A Toti Martínez de Lezea ni siquiera la considera escritora, aunque ya le gustaría manejar su cifras de ventas. Él va de escritor marginal, maldito o simplemente de poeta. Como para echarse a llorar. Sobre todo cuando él y su mujer llevan años viviendo del cuento y de los concursos que ganan cuando su pareja está en el jurado. En el último año se han levantado entre los dos más de treinta mil euros. Y luego les oyes hablar y van de puristas, y como si no hubiera nacido otro buen escritor desde Unamuno, Pío Baroja, Aldecoa o Aresti.»

«Quizá haya que morir para ser buen escritor», soltó mi amigo esbozando una sonrisa. «Y ya sabes: las mujeres le dan un poco de color a las tertulias. Sin ellas pareceríamos una convención de divorciados.»

Reímos con ganas y nos levantamos. Habían pasado más de veinte minutos y tenía que volver al trabajo.

Por muy breves que fueran, aquellas charlas con la literatura como argumento me permitían sobrellevar la mañana. Pero había en ellas cierto componente de desencanto y certeza de que nuestras obras no sólo tendrían que luchar contra los gustos de las editoriales sino también contra los de aquellos autores que nos observaban desde sus púlpitos con el temor de encontrar en nosotros a unos competidores que los echasen de ellos.

Al retornar a mi puesto delante del ordenador descubrí el teléfono tatuado con una enorme mancha de tinta negra. Cogí el auricular con dos dedos y se lo enseñé a mi amigo para que comprobara que no mentía cuando les contaba anécdotas del trabajo. Luego entré en el taller y le mostré a Karmelo la huella de su culpabilidad.

«No pretenderás que limpie yo esto», le espeté.

«¡Cagüendiós!», bramó él, «siempre estás con las mismas chorradas. Si trabajamos con tinta es normal que manchemos el puto teléfono.»

La técnica del ataque a modo de defensa. Un buen sistema para no aceptar la culpa.

«Sí, pero eres el único que lo mancha. O al menos el único que no lo limpia.»

No contestó. Yo tampoco hice la más mínima intención de seguir con aquello. Me volví a mi asiento. Alonso me lanzó un gesto con la mano que mostraba que él estaba de más allí.

«Nos vemos», dijo huyendo del local.

Apenas habían pasado dos minutos cuando mi jefe volvió a la carga.

«Es la última vez que te pones así conmigo», advirtió, «y menos delante de tus colegas. Vienes aquí a trabajar, no a quejarte. Y si no te gusta, ya sabes lo que puedes hacer.» Le temblaba el labio inferior como a un muñeco de madera y no lograba articular correctamente las palabras sin que se escapasen sucios restos de baba.

«No creo que me haya quejado», dije. «Sólo he expresado una realidad. El teléfono está hecho una mierda y soy yo el que contesta las llamadas. Si no sabes contestar sin mancharlo, no lo hagas. Y si lo manchas, al menos límpialo. Luego si me pongo perdidos los pantalones o la camisa, no habrá Dios que los limpie. Y estoy seguro de que no me vas a pagar tú unos nuevos.»

Me miró sin saber qué decir. Quizá no esperaba mi reacción, no lo sé. Creo que ni yo mismo la esperaba. En realidad su opinión me daba igual. Lo que me rondaba por la cabeza estaba muy lejos de allí. Llevaba toda la mañana con la imagen de las Alba surcando mis recuerdos como si un espíritu ajeno y juguetón me hiciera estar pendiente de ellas. ¿Las había visto realmente o sólo había creído ver sus rostros obsesionado como estaba por descifrar su historia? Y si era así, ¿de quién era entonces el cadáver aparecido en la playa de Bakio? Y lo más importante, ¿qué las había motivado a ocultarse, a forzar su desaparición, a hacer creer a todo el mundo que ya no estaban? Quizá Aitor Baroja tuviese razón y hubieran preferido pasar desapercibidas, esconderse en un agradecido anonimato. Pensé en Aranzazu Reyes. Tal vez el motivo de su encuentro con las hermanas había sido el repentino interés mostrado por unos periodistas tan falsos como Sergio Arrieta y yo. Y estuviesen ahora pensando en una estrategia que volviera a sumirlas en un hermoso silencio.

«¿Está lo de la clínica?»

Celestino contraatacaba.

«Estoy en ello», mentí.

Nos miramos mutuamente: él con resignación, yo con descaro.

«Has venido peleón», afirmó, «y sabes que así con Karmelo tienes las de perder.»

Realmente, Celestino tenía razón. Yo ni siquiera estaba pendiente de si lo que hacía era lo correcto. Y al doble de Homer era preferible tenerlo a buenas y lejos.

Las máquinas seguían tronando en el interior del taller. El teléfono con su inexpresivo tatuaje comenzó a sonar sin que ninguno de los dos hiciéramos ademán de contestar. Finalmente lo descolgó

Celestino, con dos de sus dedos rodeando las machas, el auricular a una cierta distancia de la oreja.

«A ver si puedes acabar con una de las hojas para que empiece yo con ellas», me pidió tras una breve conversación telefónica repleta de monosílabos. Asentí con una escueta sonrisa. Celestino volvió a entrar en el taller. Luego regresó con un trapo y limpió las marcas dejadas en el auricular.

Bien, me dije mirando la pantalla de mi ordenador, una cosa más y me meto con esto. Cogí las *Páginas Amarillas*. Fui al índice y busqué un apartado que me indicase algún taller de grabado. Grupo Ítaca, leí. Un breve módulo me señalaba la dirección y el teléfono. Los apunté en una pequeña cuartilla de papel. Luego hice lo mismo con el salón Xanadú. Si verdaderamente quería escribir sobre Lorea y Lara Alba tenía que comenzar a poner en orden mis ideas.

5

En la puerta del local se podía leer con dificultad el nombre de la empresa, «Grupo Ítaca», con letras negras sobre una pequeña placa dorada. La puerta, de madera vieja y desgastada, parecía haber sido barnizada recientemente, aunque sin acierto. El escaparate tenía la cortina echada, una sábana opaca de tonos indefinidos que no dejaba ver el interior. En el lateral, un timbre redondeado me marcó el siguiente paso a dar. Llamé. Se escuchó a lo lejos un *riiiiing* difuso, un sonido apagado con regusto a dejadez. No parecía que aquel fuese el estudio con el que colaboraban algunos de los más grandes grabadores del país. Volví a llamar. Percibí el susurro de unos pasos rompiendo lo que supuse sería un suelo de madera.

«¿Quién es?», preguntaron por detrás de la puerta. Pensé en Sergio Arrieta. Él habría sabido buscar una razón que explicase mi presencia allí. Recurrí a sus métodos.

«Trabajo para *Bilbao Digital*. Soy periodista», indiqué; «estamos haciendo un artículo sobre las hermanas Alba, sus negocios, la Fundación. Un reportaje que profundice en la labor que desarrollaron en favor de nuestra sociedad. Estuve hace unos días con Aranzazu Reyes y me dijo que me podía pasar por aquí, que ustedes me enseñarían el local. Pero no recuerdo con quién tenía que hablar.»

Mi excusa me sonó larga pero verosímil. Quizá estaba aprendiendo a mentir. Aun así, durante más de medio minuto sólo escuché el silencio de mi respiración. Después, el sonido de una cerradura liberó todo mi nerviosismo. Abrían la puerta.

La joven situada al otro lado se me mostró como la imagen que tenía de una pintora: pelo negro recogido en un moño, camisa holgada y surtida de manchas que le llegaba hasta las rodillas, pantalones vaqueros que habían olvidado su color primigenio, y zuecos a modo de calzado.

«Lo siento», se excusó, «estaba dando color a unos grabados.» Su voz era apenas un susurro y sus ojos me observaban como un escáner de infrarrojos.

«Me llamo Alberto Pilares», me presenté tendiendo la mano. Me mostró las suyas llenas de cercos oscuros y se disculpó de que no me la estrechara.

«Itziar Martínez», anunció, para seguidamente apuntar: «Me extraña que Aranzazu no me haya avisado. ¿Cuándo dice que estuvo con ella?»

«La semana pasada. Pensaba haber venido antes pero me ha sido imposible. Me dijo que la avisaría.» Otra mentira más y acabaría sacándole un ojo con la nariz. «Si quiere puedo volver en otro momento.»

Puse cara de contratiempo, a la vez que intentaba que mis palabras sonaran a que sólo la iba a molestar unos minutos.

«No, pase, pase… Yo misma le mostraré el taller.»

El local era una amplia lonja, envuelta en una luz brillante, como un mediodía de sol. En el centro reposaba una pequeña máquina que me recordó a una imprenta. Así se lo dije. «Es parecido. Se llama tórculo», aclaró sin darme demasiadas explicaciones. Supuse que debía de agilizar mis preguntas si quería que ella me las contestara. Junto al tórculo había una mesa en la que descansaba una gran lámina a medio colorear y unos botes con pintura. También un gran vaso con agua sucia. A un lado de la mesa un archivador viejo de madera en el que creí ver dibujos ya terminados así como diferentes clases de papel. Las paredes del taller estaban decoradas con grabados y fotografías. En una de ellas, la más grande, aparecían cuatro mujeres: un rostro de pelo color melocotón que ya había visto en dos ocasiones en las últimas horas, Itziar y otras dos mujeres. Bajo la fotografía un pequeño rótulo rezaba: «El Grupo Ítaca al completo». El resto de imágenes mostraban a Lara Alba junto a rostros que en algunos casos me resultaron conocidos pero a los que no supe poner nombre. Pensé que serían afamados artistas, por lo que decidí empezar a jugar con esa baza.

«Veo que a su taller acuden conocidos nombres del mundo del arte», afirmé.

La joven asintió con un sonrisa.

«Es una de las cosas de las que nos sentimos más orgullosas. Del taller han salido trabajos de gente como Tapiès, Barceló o Elexpuru. Muchos artistas nos envían sus planchas para que nosotras las estampemos.»

«¿Nosotras?», pregunté extrañado.

«En el taller trabajamos tres mujeres.»

«¿Y ellos les envían las obras o las traen personalmente?»

«Normalmente es el equipo del artista el que nos facilita una P.A., es decir, una prueba de autor a partir de la que trabajamos. Es el autor quien marca la tirada, el tamaño y el sistema de estampación. Y es él mismo el que supervisa el resultado final.»

Sonó el móvil y por un instante maldije la inoportunidad de la llamada. Era Aitor Baroja. Le pedí disculpas a Itziar y respondí.

«¿Te acuerdas de Tirso Arana?», me preguntó mi amigo; «es el tipo aquel del que te hablé el otro día.» No lo recordaba, pero decidí asentir con convicción. «Parece ser que conocía personalmente a las hermanas Alba. No sé a cuenta de qué salieron en la conversación. Pero el tema es que las conocía. Me acordé de ti en cuanto nos pusimos a hablar de ellas. Voy a estar con él dentro de una hora. Te acercas y te lo presento.»

«¿Dónde habéis quedado?»

«En el Iruña.»

«De acuerdo, te veré luego.»

Itziar había aprovechado la llamada para sentarse a la mesa y manchar de tinta roja el lateral de una imagen abstracta. Al verla volcada en su trabajo me invadieron las dudas: ¿Qué estaba buscando allí? ¿Sólo la posibilidad de conocer a las hermanas a través de sus negocios? ¿No estaba acaso invadiendo su intimidad con mentiras y la falsa esperanza de hallar un argumento que era incapaz de crear por mí mismo? De haber sido un psicólogo podría haber hallado algunos rasgos personales en la decoración, en las fotografías que adornaban las paredes, en el hecho de que todas las personas relacionadas con ellas fuesen mujeres… Pero yo me limitaba a mirar con indiferencia y a observarme a mí mismo plantado en el centro del taller.

«Fue Lara la que puso en marcha el negocio, ¿no?», pregunté. Me pareció que asentía con un imperceptible movimiento de cabeza. «¿Afectó al taller la desaparición de las hermanas?»

No sé por qué razón la gente carraspea cuando se siente incómoda. Quizá sea una fórmula para ganar tiempo. Itziar Martínez también recurrió a ella.

«Para nosotras sólo es la ausencia de una dueña que confía en sus empleadas», soltó a la defensiva. Pensé que no era cuestión de forzar mi suerte. Agradecí su colaboración y me despedí.

«¿Para qué medio dice que trabaja?», preguntó mientras me acompañaba a la puerta.

«Para *Bilbao Digital.*»

«No me suena», señaló.

«Llevamos apenas dos meses en la Red», mentí, y dejé que un nuevo «gracias por todo» sirviera de despedida.

Media hora más tarde me encontraba frente al salón de belleza. No sabía si Itziar se pondría en contacto con Aranzazu Reyes para contarle mi presencia en el taller. Su última pregunta no me había parecido sólo una cuestión de interés. De todos modos, tenía que hacer las cosas deprisa. Había dicho ya demasiadas mentiras y era muy posible que en poco tiempo no me dejasen entrar en ningún sitio relacionado con las Alba.

A diferencia del taller, el salón de belleza mostraba todo su interior en un primer golpe de vista y a través de un amplio escaparate de cristal en el que se leía «Xanadú». Al abrir la puerta me recibieron una seca oleada de calor y una jovencita de pelo hirsuto que esperaba tras un gran mostrador con una alegre sonrisa.

«¿La encargada?», pregunté.

«Sí», me dijo sin borrar el gesto de su cara. Al poco rato apareció una mujer de aspecto delicado, ojos vidriosos y rictus serio, que se presentó con el nombre de Isabel Fernández. Al decirle quién era hizo ademán de dejarme con la palabra en la boca. Pero de nuevo recurrí al truco de referirme a Aranzazu Reyes para que cambiara de opinión. Parecía que la Relaciones Públicas de la Fundación asumía el control de todo lo relacionado con las hermanas y yo estaba dispuesto a aprovechar esa baza.

Lo que conseguí extraer de la breve conversación que aun así mantuvimos me resultó irrelevante, carente de interés. Llegué a pensar por un segundo que la encargada del Xanadú estaba haciendo publicidad del local a mi costa. «Cuando Diana Ross estuvo en Bilbao nos llamó para que la peinásemos en su hotel», se vanagloriaba. «Incluso Sofía Loren nos pidió que la maquilláramos cuando vino a inaugurar el Domine. También lo hizo Sara Montiel cuando le entregaron aquel premio en el Arriaga. Y cada vez que vienen a la ciudad Massiel o Bibiana Fernández aprovechan para pasarse por aquí. Lorea se relacionaba con ellas, aunque no le fascinase demasiado el mundo del espectáculo. Ella decía que su trabajo acababa cuando salía del salón.»

«Y sin embargo aparecían muy a menudo en presentaciones y otros saraos», apunté con cierta ironía.

«Eso también formaba parte de su trabajo. Eran mujeres sencillas que no disfrutaban del falso *glamour* de ciudades como ésta», apuntilló ella.

Intenté encauzar el interrogatorio llevando mis dudas hacia otros terrenos, así que pregunté si atendían a hombres en el salón. Una pregunta envuelta en intrascendencia de la que pretendía extraer algunas conclusiones sobre las dos mujeres.

«A veces, pero no tenemos por costumbre encargarnos de ellos. Lorea nos dejó en este sentido las cosas muy claras.»

«No entiendo», dije.

Isabel se limitó a responder que normalmente sólo acudían mujeres.

«¿Fue siempre así?»

Hizo un gesto en forma de duda. Ahora era ella la que no entendía mi pregunta.

«Me refiero a si siempre ha sido un salón de belleza femenino», aclaré.

«Al principio éramos un salón unisex, aunque nuestra clientela era esencialmente femenina. Los hombres aún no están acostumbrados a cuidar su imagen y menos en un país como éste. Más tarde comenzó a llenarse de personalidades y estrellas del espectáculo. O mujeres de políticos locales con aires de exclusividad a las que molestaba la presencia masculina. Por eso Lorea prefirió que nos dedicáramos únicamente a ellas. Hacíamos algunas excepciones, pero eran casos muy puntuales.»

«Tenía entendido que los hombres eran buenos esteticistas. Me sorprende que no vea ninguno trabajando aquí.»

Ejecutó una efímera mueca con la boca antes de responder:

«Esa es una de las muchas mentiras a las que suele recurrir el género masculino. ¿Quién mejor que una mujer para entender a otra?»

Me faltaba la última pregunta, la que hacía referencia a la desaparición de las hermanas y a la que hasta el momento no me habían contestado ninguna de mis interlocutoras. No esperé más a hacerla y de nuevo noté que era inoportuna.

«Su marcha la suplimos con profesionalidad», contestó la responsable del Xanadú.

Asentí con un gesto de agradecimiento ante su evasiva y me marché con un interrogante cubriéndome la cabeza. Por qué nadie hablaba de muerte o desaparición, me dije. Tanto Itziar Martínez como Isabel Fernández habían empleado términos ambiguos: marcha, ausencia… Y si a esto añadimos la imagen de las dos hermanas a las que había creído reconocer junto a Aranzazu Reyes, me ratificaba en la opinión de que ellas habían hecho lo indecible por desaparecer pero que estaban vivas.

No tenía demasiado tiempo para pensar en ello. Me quedaban sólo quince minutos para mi encuentro con Aitor Baroja. Sin embargo, seguía sin tener claras bastantes respuestas que mi paso por las empresas Alba no habían hecho más que acrecentar. Había una que se repetía con insistencia. Todos los negocios creados por las hermanas estaban dirigidos por mujeres, ellas mismas habían hecho hincapié en ese punto, como si el hombre no apareciera en sus vidas más que en muy contadas ocasiones y de manera tangencial. Además, Aranzazu Reyes surgía como nexo de unión entre todas. Mi pequeño truco al referirme a ella me había servido para comprobar su importancia. Tanto Itziar como Isabel parecían respetar a Aranzazu; y por lo que había visto en los últimos días ésta no sólo tenía relación directa con las hermanas sino que además se reunía con ellas.

Baroja me esperaba en la puerta del Café Iruña, donde había quedado con Tirso Arana. A éste le acompañaban dos rostros que me resultaban familiares pero que no pude poner nombre hasta que se iniciaron las presentaciones: Luis Marengo, responsable de la librería Holmes, y Karlos Urkiola, de la librería Akelarre.

«Procura ser breve», me había advertido en voz baja mi amigo tras estrecharme la mano. «No te fíes de ellos por mucho que te sonrían. Ten en cuenta que se pasan la vida haciéndolo y que es una forma de conseguir lo que quieren. Y hoy tú has venido a sonsacarles a ellos.»

Tirso Arana tenía el aspecto de un teleñeco movido por hilos invisibles o por la mano torpe de un ventrílocuo. Elevaba los brazos como si se le fueran a romper, agitando su copa para que en el *txakoli* se pudiera hacer surf. Nuestra aparición fue acompañada por una sonrisa cinematográfica digna del mejor galán de los años cuarenta.

«Os presento a una de esas pocas personas que aún creen que se puede vivir de la literatura», dijo rodeando a Baroja con su brazo de oso de peluche. Los demás rieron la gracia. Miré a mi amigo, que había dibujado una ácida mueca con la boca. No hizo ademán de responder, sino que se limitó a dejar que Arana hablara. Imité a Baroja y me contenté con hacer de convidado de piedra en el monólogo del hombre.

Arana se expresaba a trompicones, como si su gula se extendiese a sus propias palabras. Tenía el rostro hinchado por un fuelle, los pómulos pintados de carmín rojizo y unas estrechas gafas que le otorgaban cierto amaneramiento aunque intentase buscar el efecto de modernidad. Su cuerpo se asemejaba al de un globo terráqueo con dos esquemáticas piernas como soporte.

«Cada vez se publican más títulos y permanecen menos tiempo en las librerías. En muchos casos ni siquiera da tiempo a desempaquetarlos. Llegan a las librerías y en dos o tres semanas parten de nuevo a las distribuidoras en forma de devolución. Arriesgarse a crear una empresa editorial es como quien decide apostar en las quinielas: puede que tengas suerte y te toque, pero lo más seguro es que pierdas lo que has invertido.»

Urkiola asintió con rotundidad: parecía el esquema de un personaje de cómic del que sobresalía un profundo hedor a letrina. Por si su gesto hubiera sido insuficiente añadió:

«Las editoriales no se dan cuenta de que el mercado no puede asumir los sesenta mil títulos que se editan al año. Es lógico que las librerías apostemos sobre seguro. El fin de cualquier negocio es ganar dinero y nosotros no podemos arriesgarnos a tener en los escaparates títulos que sabemos que no se van a vender.»

La conversación de los tres hombres se llenó de frases que mostraban sus opiniones contrarias al proyecto de Baroja: habían bajado palpablemente las tiradas de los libros editados, que aun así eran exageradas, cada vez se vendían menos obras, el índice de lectura había descendido escandalosamente, los libros perdían el carácter de novedad en apenas unas semanas. Parecía como si el trío se hubiera reunido para dinamitar la ilusión de mi amigo. Y nosotros los observábamos sorprendidos por la falta de interés que despertaba en ellos la posibilidad de que alguien se lanzase al mundo de la edición.

«Un estudio reciente ha mostrado que incluso en Euskadi ha disminuido el número de lectores y que existe más de un cuarenta por cien que no abre ni un libro al año. Ante semejantes cifras, cómo puede querer alguien arriesgarse a montar un negocio editorial», subrayó Arana.

Al cabo de unos minutos me di cuenta de que para aquellos representantes de la cultura, ésta les interesaba lo que a mí escuchar el roce de sus lenguas de trapo. Sus librerías eran grandes bazares en los que se podía vender cualquier clase de género. Sus dependientas, aunque eran nínfulas aplicadas, simpáticas y atractivas, no habían oído hablar en la vida de Jorge Herralde. Conocían a los autores por las referencias que de ellos tenían en sus ordenadores y su interés por la literatura se basaba en el porcentaje de ventas que obtuvieran por cada título. «Vendedores de chorizos», en una definición despectiva pero acertada de Baroja. De ahí que la mayoría de los títulos perteneciesen a grandes grupos editoriales y a escritores capaces de vender cien ejemplares a la semana de su última obra. El resto, esos pequeños proyectos como el que pretendía llevar a cabo mi amigo, era relegado a baldas cubiertas de polvo. La mayor parte de los autores que conocía habrían sido felices con vender dos mil ejemplares. Pero en muchos casos apenas alcanzaban el centenar.

Si en una batalla naval a uno le hunden todas sus defensas lo mejor es huir. O levantar una bandera blanca a modo de rendición. En el caso de Baroja, su estrategia fue cambiar de tema, haciéndose eco de mi presencia.

«Mi amigo está escribiendo un artículo sobre las hermanas Alba y su fundación», dijo. «Pero quiere hablar de ellas desde un punto de vista humano, sin apenas centrarse en su vida pública o en sus aportaciones a la sociedad bilbaína.»

Arana llevó sus labios hacia su bebida y de un gran trago apuró lo que le quedaba en el vaso.

«No creo que lo más importante de ellas sea su lado humano», indicó. «Si hay una cosa que consiguieron las hermanas fue promover con su dinero grandes acontecimientos en la Villa. Como personas apenas tenían vida. Se limitaban tan sólo a trabajar»

Me sorprendió semejante declaración de principios. En mi imaginación había dibujado a dos hermanas llenas de inquietudes y objetivos. Y además, ya me resultaba bastante loable el hecho de que hubieran decidido no malgastar su fortuna e invertirla en dos negocios y una fundación.

«El dinero se lo dejaron en herencia sus padres, pero desde el principio estuvo marcado por la mala suerte», opinó Marengo. Su voz era un charco de alcohol en el que resbalaban las erres. «Sus padres habían muerto en un accidente de aviación. Seguramente te acordarás de aquel siniestro del monte Oiz hace unos años. Ellas eran muy jóvenes, apenas adolescentes. Y se vieron de repente solas y con mucho dinero.»

Pero curiosamente, pensaba yo, habían dirigido sus vidas hacia dos empresas poco comunes en personas que contaban con capital. Sólo ese riesgo me impulsaba a creer que ellas no eran dos personas normales y corrientes, como suele decirse. Me parecía, por el contrario, que se merecían toda mi atención. No era esto, sin embargo, lo que me interesaba en aquellos momentos.

«¿Y las relaciones con el otro sexo?», pregunté sin reparos.

«¿Con hombres?», Urkiola sonrió. «¡Qué más habrían querido ellos! Yo mismo…, cualquier de nosotros habríamos entrado a ese trapo. Eran dos bocados muy apetecibles: jóvenes, ricas, huérfanas. Un auténtico braguetazo para cualquier cazafortunas. Se las veía con muchos hombres, es cierto, incluso se dijo que se habían comprometido con dos chavales de Plentzia. Pero creo que a ellos también les pasó algo.»

«Un accidente de coche tras una noche de juerga», asintió Marengo.

Arana balanceó su cabeza en un símil de asentimiento.

«Dos tipos que no supieron controlar sus hormonas. Si lo hubieran hecho ahora estarían vivos… Y serían ricos», sentenció. «Las hermanas eran dos mujeres llenas de buenas intenciones, para qué dudarlo. La Fundación es una muestra de ello, un intento de que el dinero no se malgastara en los alocados excesos a los que su juventud las llevaba. Era una forma además de invertir en otro tipo de actividades. Pero con los hombres no tuvieron suerte. Su posición económica sólo las acercaba a vividores, hijos de papá con cargos directivos en las empresas familiares o tipos sin demasiadas habilidades pero con puestos de responsabilidad en ayuntamientos o diputaciones. Hombres en cualquier caso que sólo buscaban mantener su estatus a través de dos ricas herederas.»

«¿Y ellas…?», pregunté; «¿qué pudo ser de ellas?»

«Imagino que se largarían hartas de habladurías o de estar en el centro de todas las miradas. Y eso que Bilbao no es como Madrid o Marbella, por poner dos referentes mediáticos. Seguramente allí no habrían aguantado ni un minuto. Es muy duro tener a la prensa siempre detrás… Euskadi en eso es diferente. Aquí no podría triunfar una publicación tipo *Hola*. A los vascos no nos gusta que se metan en nuestra vida privada. Y menos aún la prensa… Lo que creo es que se cansaron de que el dinero marcase su vida y sus relaciones», subrayó a modo de resumen.

«Pero nadie se ha preguntado por qué», dije con extrañeza.

«Por qué íbamos a hacerlo», me interrogó Arana mientras los demás asentían con la cabeza y apuraban sus bebidas.

La conversación adquirió entonces otro rumbo más literario y se regó de una nueva ronda de vinos. Decidí que ya había monopolizado lo suficiente el encuentro y dejé que mi amigo hablara de temas más cercanos a los que le habían llevado hasta allí. Poco después me despedí. En el fondo no conviene quedarse en un sitio del que sabes que no vas a sacar nada en limpio.

Pensaba en mis amigos al volver a casa y en la charla que había mantenido con los libreros. «Un libro si no se ve, no se compra», me había dicho José María García Nieto en uno de sus últimos encuentros. Sabía ya que iban a publicarle *El hombre oscuro*, pero desconocía si la editorial podría hacer el esfuerzo necesario para que una novela tan hermética alcanzara a vender al menos dos mil ejemplares. Óscar Alonso, en su caso, se quejaba de que su colección de relatos galardonada con el Tiflos se distribuía con el mismo interés con que nosotros mirábamos el desarrollo de la abeja autóctona. Sergio Arrieta por el contrario, había descubierto que su vocación literaria estaba muy por debajo de la necesidad de sobrevivir, por lo que se había centrado en su trabajo como traductor y en su gusto por la compañía femenina. Por mi parte, seguía anclado en la incertidumbre de si aquella historia daría lugar a la novela de mi vida o a una sucesión desordenada de anécdotas.

Hasta ese momento, el resultado de mis averiguaciones sólo me había brindado muchas opiniones pero muy pocos hechos. Y yo tenía que basar mis pesquisas en circunstancias que pudiera demostrar o que resultasen por lo menos verosímiles. Cuando a uno le falla la imaginación ha de recurrir a otras estratagemas que den por buena la historia. Ni siquiera tenía la certeza de que lo que me había propuesto contar tuviese visos de credibilidad. A mí al menos no me lo parecía. Si las hermanas eran tan importantes, me seguía pareciendo extraño que nadie las echara de menos como si hubieran fallecido y el mundo tuviera que seguir girando para poder sobrevivir.

Llegué a casa al cabo de una hora de reflexivo paseo. Me invadía la extraña sensación de ver la literatura relegada a los últimos puestos del mercado cultural, y a los encargados de difundirla entretenidos en chascarrillos y grandes dosis de vino barato. Desde que me había dejado seducir por el mundillo literario me atenazaba la certeza de que quienes estaban instalados en la poltrona cultural temían que autores más jóvenes pudiéramos quitarles el puesto. En mi pequeña contribución a la cultura a través de artículos en revistas y periódicos me había tocado hablar con escritores bilbaínos que criticaban sistemáticamente la obra de sus compañeros, desde la calidad ínfima de los textos hasta las portadas de sus libros o la pésima edición. Para ellos nunca había nada positivo que augurase un buen porvenir a sus colegas. Todo se reducía a pensar en la obra de los demás como en un error que los editores no habían sabido subsanar a tiempo. Y en muchos casos no ayudaban a difundirla desde sus columnas semanales en *El País* o *El Correo*. Por el contrario, sus críticas se referían a escritores húngaros o eslovacos, autores que quizá narrasen bien pero cuya distancia evitaba que les hicieran sombra.

La decisión de Aitor Baroja de lanzarse al vacío editorial me sorprendía por su carácter romántico, pero también por lo que de ayuda iba a ser para la publicación de nuestras obras. Y yo, tal vez por eso, o por la necesidad de ver reflejado mi mundo interior en el papel, seguía empeñado en mostrar a los demás que no me había olvidado de escribir.

Estaba decidido a pasar la noche volcado en la carpeta de las hermanas Alba, cuando llegué a casa. Bajo la puerta de entrada al piso vi perfilado el ángulo blanco de una hoja de papel. Publicidad, pensé instintivamente. O la notificación de que no habían podido pasarse a leer el contador de la luz. Abrí la puerta, recogí la hoja y la desdoblé con desgana. En ella había escrita una sucinta frase:

«¿No es mejor que se meta en sus propios asuntos?»

6

Los días siguientes se desarrollaron con la rapidez y dificultad de una carrera de obstáculos, sin que me percatara realmente de que la vida seguía su curso. Hay semanas que desaparecen borradas del calendario como si sus días tuviesen sólo quince horas. Intentaba pensar, encontrar razones verosímiles a los acontecimientos que se venían sucediendo. Buscaba todos los momentos de mi tiempo libre para ir desgranando páginas de mi novela. Hablaba con Ainara y le contaba cómo iba el cuerpo de la historia, hasta entonces sólo un conjunto deshilvanado de ideas. No le había dicho nada de la nota aparecida en mi casa. Ella bastante tenía con aguantar el aliento de la doctora sobre su cuello. Y yo no quería que Ainara se asustara. Además, tampoco sabía si se trataba de una amenaza o una advertencia —¿hay diferencias entre una u otra?, me preguntaba—, y eso me hacía pensar que me estaba metiendo en terrenos que querían mantener vedados. En mi cabeza se amontonaban algunas preguntas: ¿tenía aquel aviso algo que ver con mi investigación sobre las Alba? Si era así, ¿significaba esto que su desaparición era sólo una estratagema? ¿Por qué habían decidido desaparecer? ¿A quién pertenecía el cadáver encontrado en la playa y asignado a una de las hermanas? Interrogantes que me martilleaban el cerebro con una persistencia molesta. Y sobre todos ellos planeaba uno mayor: ¿cómo habían sabido dónde vivía o quién era yo?

En julio, comenzábamos en la empresa la jornada intensiva, con lo que para las tres de la tarde ya estaba fuera del trabajo. Como Ainara salía de trabajar a las ocho, aproveché esas horas libres para centrarme en la escritura, rellenar los huecos que le faltaban a mi novela y engordar el argumento con los pequeños apuntes cotidianos que la convirtieran en la historia global que perseguía, una historia de dudas, idas y venidas, inquietudes y decepciones. Quería que el argumento se fuera deslizando por mi cabeza como un goteo y que este acabase en el papel horas más tarde. O días. Pero que pudiera dar por concluida la novela para que no siguiera creciendo dentro de mí de aquella manera obsesiva. He comprobado que algunos escritores se vuelcan de tal forma en lo que hacen que no pueden separar su vida de la escritura. En mi caso, cada mañana me conectaba a la realidad virtual del trabajo y cada noche me dormía con las hojas de las Alba bajo mi cabeza. Era como un impulso que me impedía pensar en otra cosa. Los hechos se iban formando en mi retina a modo de haces de luz, los veía tan nítidos que los identificaba con imágenes reales; pensaba en ellos a todas horas e incluso estaba convencido de que aquel conjunto de acontecimientos acabaría tomando el feliz destino de la publicación. Pero sobre todo tenía la sensación de que estaba involucrándome en una historia de la que no sabía cómo salir. O lo que es peor, que alguien había visto en mí a una persona a la que había que eliminar si la amenaza no resultaba suficiente.

Soñaba con las hermanas, las veía acercarse a mi cama alguno de esos días en los que el calor convertía las sábanas en una pegajosa lámina de rocío. Me despertaba con la garganta reseca y la sensación de que era yo el que estaba siendo espiado, que quizá alguien había decidido también contar mi vida y se había apostado en la calle de acceso a mi portal para vigilar.

Pero decía que los acontecimientos fueron desarrollándose con la velocidad que parece marcar a los que ya hemos sobrepasado alguna barrera o edad. En esas dos semanas había avanzado más que en los meses anteriores, entre otras cosas porque tenía tiempo para escribir. Pero me quedaban bastantes piezas en el pequeño rompecabezas que estaba siendo la desaparición de las hermanas.

Una de aquellas piezas era Bakio, el pueblo en el que veraneaban y en cuya playa habían descubierto el cadáver. Además, este era uno de los puntos que más me seguía sorprendiendo. En los periódicos no se había vuelto a hablar de ello, como si se hubiera dado por sentado que el cuerpo pertenecía a una de las hermanas. Ni un reportaje, ni una noticia, ni un mísero breve en las páginas locales.

Sergio Arrieta me telefoneó en un par de ocasiones. Quería saber cómo evolucionaba la novela. Mi amigo se sentía responsable de que me hubiera embarcado en aquella aventura narrativa. «Sigue su ritmo: pero va muy despacio», le decía. En realidad el argumento se había transformado en un ser vivo que se alimentaba de mis propias experiencias diarias, de si entraba en el trabajo lleno de optimismo o salía con el deseo de buscar una vía de escape que sobre el papel reflejase mi descontento. «Nuestras obras siempre conservarán un halo de nosotros», me recordaba Óscar Alonso cada mañana. «Es lógico que los autores plasmemos en ellas nuestra forma de ver el mundo y de enfrentarnos a él. Todos los artistas están marcados por su pasado, por sus experiencias personales. Si no fuera así, lo que escribimos se parecería a la obra de cualquier otro. Daría igual el nombre.»

Con tiempo por tanto para mí, decidí que la investigación debía tomar otro rumbo en el que tenía que involucrarme aún con más brío. Al cabo de una semana, cogí el coche y me presenté en Bakio. Quería ver el lugar donde había aparecido el cadáver que me había puesto sobre la pista de las hermanas, pero principalmente quería sentir si había algo que se me escapaba. Quizá aquel pueblo me brindara las razones que yo necesitaba buscar. O tan sólo un marco geográfico sobre el que cimentar mi novela, una playa, un paseo en el que se cruzaban a diario cientos de rostros que podían conocer a Lorea y Lara Alba, unos bares que las habían visto bailar, beber, emborracharse, flirtear, amar…

No conocía Bakio aunque durante años había oído hablar del pueblo. Algunos compañeros de la escuela veraneaban allí con sus familias, y por las referencias que hacían de él tenía la sensación de que era una de esas plazas en las que sólo pueden torear los elegidos. Bakio está situado junto a la costa, a sólo veinte minutos de Bilbao. Siempre me ha extrañado que alguien decida pasar las vacaciones tan cerca de su lugar de residencia. En especial porque nosotros veraneábamos a más de diez horas de casa, en un rincón perdido de Torrevieja; una estepa levantada a golpe de talonario y ladrillo a la que nos llevaron cuando aún no teníamos fuerzas para quejarnos. De Torrevieja sólo recordaba el canto monocorde de la cigarra, un chirrido molesto que anticipaba la ola de aire sahariano que elevaría la temperatura un día más a cincuenta grados. Las noches eran húmedas, envueltas en una capa de insomnio y sudor. Mi almohada olía a potaje de garbanzos y mi cuerpo era una destilería de transpiración dulzona. Un auténtico paraíso en la Tierra del que ya de mayor preferí huir.

Pero hablaba de Bakio…

La entrada al pueblo parecía una emboscada para los nervios de cualquier conductor. Una serpiente de vehículos que se arrastraba obstaculizada por los limitadores de velocidad y las ganas urgentes de encontrar un hueco en el que dejar tirado el coche. El sol aún golpeaba sobre la arena cuando finalmente logré aparcar. En la playa, algunos cuerpos permanecían sobre las toallas; otros comenzaban su particular regreso a casa: figuras grotescas y brillantes, cubiertas de crema y sudor. Cuerpos ajenos a mi presencia y quizá incluso a la de dos de sus vecinas. O a la aparición de un cadáver aún sin nombre que alguien había relacionado con las Alba.

Estaba allí porque buscaba respuestas a todas las circunstancias que rodeaban a las hermanas; quería pensar como ellas, averiguar qué razones habían llevado a aquellas dos mujeres a entrar a formar parte del club de los olvidados. Y a dejar, sin embargo, que sus nombres siguieran resonando como promotoras de una fundación y dos aparentemente prósperos negocios.

Los bares son centros estratégicos para una buena información. Cualquier persona que se precie sabe que esto es un hecho. Pero no sirve cualquier bar. Hay que dar con el lugar adecuado, con el camarero dispuesto a colaborar. Y para ello hay que conocer los locales. Y yo me sentía como un forastero en un pueblo del Oeste. Y tampoco era cuestión de ir cerrando garitos o de abordar a sus dueños.

Durante esa semana me acerqué a Bakio todas las tardes, paseaba por las calles, me detenía en el paseo contemplando el mar y a la gente que tomaba el sol o jugaba a las palas. Desde las terrazas de lo que allí llamaban puerto, —y que no era más que la desembocadura de una estrecha ría—, contemplaba a los habitantes del pueblo y me preguntaba si alguna de aquellas personas sabría algo de las hermanas, si las habían conocido o salido con ellas. Iba de un lugar a otro como un fantasma errante que ha dejado en el mundo asuntos sin solucionar. Entraba en los bares y me envolvía en las conversaciones bilingües de los parroquianos, como si de entre todas aquellas frases pudiera encontrar alguna pista que me condujera a solucionar el enigma de las Alba.

También en aquella ocasión tuve suerte y el azar se puso, de nuevo, de mi parte.

El bar en cuestión estaba a oscuras, con unas cortinas cubriendo las ventanas e impidiendo que el sol se filtrara en su interior. En la barra se apoyaba un viejo de *txapela* calada, que parecía haber echado raíces en el suelo. Una mujer me observaba con atención vigilante. Mas tarde me daría cuenta de que a todos los clientes nos miraba de igual manera, como si pensase que nos íbamos a escabullir sin pagar. Me acerqué a ella y le pedí un rioja. La mujer —deduje que se trataba de la dueña—, tenía el aspecto de un personaje de cuento infantil. Aunque al verla no supe si de hada madrina o de bruja malvada. Su sonrisa era dulce como un caramelo de malvavisco, pero su voz parecía haber sido extraída de las profundidades marinas. Vertió el vino sobre una pequeña copa como por hacerme un favor. Luego mantuvo sus ojos en un viaje por todo mi cuerpo. No me gustó su mirada. Había en ella cierto recelo, un aire de superioridad que calibraba mi cuerpo, mi ropa y a mí mismo. O quizá se preguntase qué narices hacía yo allí. Decidí presentar todas mis cartas.

«¿Sabe dónde podría informarme sobre gente del pueblo?», solté. Era una pregunta extraña. O al menos a mí me sonó así.

«En el Ayuntamiento», murmuró. Y luego, como si dudase, interrogó: «¿Qué es lo que quiere saber?»

Pensé que si deseaba obtener algún tipo de ayuda tenía que ir con la verdad por delante.

«Estoy escribiendo un artículo sobre dos vecinas de Bakio: las hermanas Alba.» No era la verdad estricta, pero se le parecía. «¿Sabe dónde podría obtener alguna información sobre ellas? No sé, cosas triviales, como los bares que frecuentaban, por ejemplo», añadí.

Volvió a observarme con detenimiento: no tenía ya ninguna duda de que sus ojos eran capaces de radiografiar mi conciencia.

«Desde luego que el mío no», dijo al fin.

«¿Las conoce?», pregunté fingiendo sorpresa.

Ni me miró. Sólo se limitó a decir:

«Alguna vez vinieron a cenar con motivo de la fiesta de San Ignacio. Pero ellas eran más de otro tipo de locales. Aunque por Bakio tampoco solían parar demasiado. Como mucho los bares del puerto o el CeroUno.»

«¿El CeroUno?», fruncí el ceño.

«Un bar junto a la ermita de San Pelayo, en la carretera de Bermeo. Es donde acaban la mayoría de los jóvenes cuando se van de juerga. Aunque por esa época estaba de moda ir a Mungia o a un bar de Larrauri: lo han cambiado de nombre tantas veces que ahora no recuerdo cómo se llama.»

La entrada de otros clientes provocó que la mujer se olvidara por unos segundos de mí. Fue un alivio. Nunca he sido bueno aguantando un tercer grado.

«No le haga caso.» La voz provenía del viejo de la barra, aunque me costó creer que hubiera abierto los labios. «Es lo que tienen los pueblos pequeños: siempre sospechamos de los desconocidos. ¿Es usted de por aquí?»

«De Bilbao», respondí.

Sonrió con una mueca repleta de picardía.

«Yo le puedo hablar de ellas», prometió.

Me acerqué al hombre. Vi que había apurado lo que le quedaba en el vaso, así que le pregunté si quería tomar algo. Asintió, y con un dedo le indicó a la dueña del establecimiento que le escanciara algo más de líquido.

«El problema de la gente de hoy es que no sabe observar. Ni escuchar. Por eso se pierden tantas cosas...»

Le di la razón para que avanzara en su historia. Él me miró con satisfacción.

«Seguramente sabré de las Alba más que muchos del pueblo», apuntó con orgullo, para acto seguido añadir: «Eran dos mujeres raras, que se enamoraron de quienes no debían... ¿Qué quiere saber?»

«Un poco de todo. En el fondo, la información que tengo es superficial», dije para incitarle a hablar.

Mojó los labios en el vino y chasqueó la lengua como si estuviese determinando si lo que le habían servido precedía realmente de la uva. Luego, apoyó el codo en la barra y aún sin mirarme dijo:

«Fue extraño.»

«¿Qué?», pregunté con interés.

«Lo de las hermanas. Venían los fines de semana y en verano se pasaban tres meses en el pueblo. Algunos sabíamos que había llegado el verano al verlas pasear por la orilla del mar. Era como si mucha gente del pueblo las esperase.»

Dio otro trago a la bebida. Sus pensamientos se revolvían por dentro, deseosos de salir a la luz.

«Eran uña y carne. Y lo hacían todo juntas. Si una tenía novio, la otra también. Sus últimos novios eran además buenos amigos. Aunque realmente no se les conocía una relación estable... Les encantaba la playa, donde podían pasarse horas, y solían estar en el Kiroleta.»

«¿El Kiroleta?»

«El club de ahí enfrente», dijo señalando con el dedo un horizonte con forma de pared. «Un club privado, con pistas de tenis, de pádel y piscina. Algunas veces comían allí... O jugaban al tenis. Y no eran malas, no señor... Pero un buen día, nada. Se esfumaron. Sin dar explicaciones ni mirar atrás. Y sin que nadie supiera la razón... Pero fue por ellos, sin duda.»

En mi rostro se dibujó un gran interrogante que el viejo se dispuso a aclarar.

«Aquellos dos chavales que salían con ellas tuvieron la culpa.»

«¿Qué pasó?», pregunté.

«Murieron en un accidente de tráfico.»

«¿Hace mucho?»

«Unos dos años. En fiestas de Bermeo. Volvían de madrugada. Habían bebido, y al tomar una curva cayeron con su coche por uno de los acantilados que da a San Juan de Gaztelugatxe. Fue una tragedia. Costó Dios y ayuda localizar los cuerpos, pero no quedó nada de ellos.»

Bajó la cabeza como si él mismo estuviese sufriendo al recordar.

«¿Iban solos?», me atreví a preguntar.

«¿Pues?»

«Una corazonada.»

«Les acompañaban dos mujeres», dijo confirmando lo que yo ya imaginaba. «Y eso fue lo sorprendente. Quién iba a pensar que podrían engañar a las hermanas. Pero fue eso lo que el accidente demostró… Se dijo que habían recogido a dos autoestopistas, pero enseguida corrieron rumores de que los chicos engañaban a las Alba. Incluso un *baserritarra* recordó haberlos visto en la playa la noche del accidente. Juntos y muy achuchados. Como Dios los trajo al mundo, diría luego. A las pocas semanas el periódico decía que los jóvenes habían hecho el amor antes de morir. Y que iban borrachos.»

Como si el comentario le hubiera recordado su bebida, agarró con fuerza el vaso para volver a probar el vino. Seguidamente sentenció:

«Se marcharon por culpa de ellos. Pero aún siguen aquí.»

«¿Las hermanas?», pregunté.

Asintió con otro gran trago.

«Sin duda… Dicen que se pasean por la playa a la luz de la luna, cogidas de la mano y desnudas como dos amantes», soltó el hombre desperezándose.

«¿Desnudas? No puedo imaginármelas saliendo desnudas por ahí.»

«Sí señor, sé de gente que las ha visto… Y que luego se dejan llevar por el vaivén de las olas hasta que desaparecen envueltas en espuma. Como dos sirenas.»

Me resultó una imagen desmasiado literaria para ser cierta, que me hizo acordarme de Sergio Arrieta. Aquella historia habría empezado a gustarle: se parecía mucho a esos cuentos de hadas de los que él disfrutaba.

«Pero curiosamente han encontrado el cadáver de una de ellas», apunté, recordándole la noticia aparecida en el periódico.

«Qué va…, eso sólo es para desviar la atención.»

«¿La atención? ¿Sobre qué?»

«No lo sé. La gente con dinero siempre esconde secretos… Lo que le digo es que ellas están aquí. Que siguen en su chalé.»

«El chalé…», dije reflexivo; «pensaba que lo habrían vendido.»

«No, sigue tal y como lo dejaron. Incluso vienen a cuidarlo todas las semanas. Dicen que todavía huele a comida y que hay gente viviendo en él. Y apostaría la cabeza a que se trata de las Alba. Si no, por qué habrían cambiado los cristales de las ventanas poco antes de desaparecer.»

«¿A qué se refiere?»

«Pues a que pusieron unos cristales de ésos con forma de espejo en los que no se puede ver el interior.»

Sonreí. Pensé que las hermanas habrían buscado otra forma de resguardar su intimidad, pero no quise llevarle la contraria. Por el contrario, pagué la ronda en agradecimiento a la información que el viejo me había facilitado y me despedí. Tenía dudas de si la mayor parte de las historias que me había contado no formarían parte de su imaginación. El relato de las dos mujeres bañándose desnudas a la luz de la luna o escondidas en el chalé que seguían cuidando cada semana era poco creíble. Pero la información que me había dado me ayudaba a hacerme una idea de cómo las veían en el pueblo. Y lo que sabían de ellas, fuera verdad o tan sólo una leyenda creada a partir de su desaparición.

Antes de marchar, pregunté la manera de llegar al chalé de las hermanas. «Por la carretera que sube desde el Kiroleta. Lo verá enseguida. Es una casa roja, muy grande, rodeada por un gran seto, justo encima del club», me indicó el viejo. Tras la barra, el Cancerbero con aspecto de mujer me acompañó hasta la puerta con la mirada.

El chalé de las Alba estaba situado en lo alto de una colina, justo detrás del club deportivo que había mencionado el hombre. Al salir del bar pude verlo con claridad. Sin embargo, pensé que aquella tarde no era la más adecuada para seguir preguntando por los alrededores. En cambio, podía acercarme al bar del que también me habían hablado. La mejor manera de meterse en la piel de una persona es imitar su forma de actuar, acudir a los mismos lugares, conocer todo sobre ella. Eso ya lo había leído en la entrevista a Amos Oz. Y me dije que aquel bar de nombre numérico podía ser un buen punto de partida.

Esperé a que se hiciera de noche para subir hasta el CeroUno. La entrada era un gran aparcamiento, en el que aún faltaban muchos huecos por cubrir. En el local, un edificio de piedra cuyo interior parecía extraído de un albergue de alta montaña, sonaba la música a un volumen lo suficientemente elevado como para darme cuenta de que yo había dejado ya de engrosar las listas de lo que denominan «juventud». Uno de esos garitos en los que las conversaciones sucumben ante la fuerza de la música.

La camarera que me atendió apenas había cumplido los veinticinco. Vestía un top muy ajustado que elevaba sus pechos como dos centros de culto para los clientes a los que yo tampoco fui ajeno. Sus labios tenían la forma de una cereza madura; y sus ojos, el color del mar que pocos minutos antes había intuido desde la carretera. Sus manos eran pequeñas, con las uñas pintadas de arco iris. Llevaba la cintura al aire, mostrando un vientre de raso con un ombligo apenas esbozado al que rodeaba el tatuaje de un sol. Su falda era minúscula, casi un cinturón ancho, inicio de unas piernas que parecían no tener fin. Imaginé que muchos jóvenes serían clientes del bar sólo por admirar aquellas piernas. O aquellos pechos.

«Me han dicho que podría encontrar aquí a Lorea y Lara Alba. ¿Las conoces?», inquirí tras pedir un *gin-tonic* que ella me sirvió con diligencia y torpeza.

«¿Quién te ha dicho eso?», preguntó a modo de respuesta. Su voz era dulce y serpenteaba entre mis oídos como si buscase acariciarlos con palabras. Pensé en la de veces que había intentado ligar sin éxito con mujeres como aquella. Volví a acordarme de Sergio Arrieta, más habituado al cuerpo a cuerpo. Si él hubiera estado conmigo, no habría sabido qué hacer con sus ojos. Incluso con sus manos.

«En el pueblo, en un bar del puerto. No recuerdo su nombre», mentí con descaro.

«Te han informado mal», me dijo: «hace más de un año que no vienen por aquí.»

Una voz ronca se coló en la conversación desde el fondo de la barra.

«¿Por qué pregunta por ellas?», soltó con aspereza.

Se trataba de un joven hercúleo, con brazos de piedra y vaquero ajustado con calzador: no me hubiera gustado tenerlo como enemigo.

«Soy colega de ellas», dije, «y no las veo desde hace tiempo. Pensaba que andarían por el pueblo, pero no he logrado localizarlas ni en su chalé ni en los bares del puerto. ¿No sabrás dónde podría encontrarlas?»

Me miró con cautela, y por unos segundos creí que la tarde se había llenado de miradas como aquélla. Luego hizo un gesto en el que se mezcló duda y comprensión.

«Si fueses su colega sabrías que hace casi un año que no se las ve», me lanzó con decisión.

Busqué una respuesta rápida, que mostrase seguridad en mis argumentos. No quería empezar mal la noche y menos con aquel tipo; sobre todo porque había ido a recabar información, no a discutir con un armario empotrado.

«Llevo fuera bastante tiempo. Y tenía ganas de verlas», dije; y añadí: «Siempre me parecieron dos mujeres estupendas.»

Bebí un trago de mi combinado para dar sensación de tranquilidad. Pensé que se estaría preguntando si podía fiarse de mí o lanzarme violentamente por la puerta como en una refriega de *saloom*. Asintió con un movimiento de cabeza, que finalizó en una mueca con regusto a tristeza.

«Eran muy enrolladas, sí, llenas de vitalidad y buen humor», apuntó al fin. «Y no como esas pijas que lo tienen todo solucionado y te miran como si te perdonasen la vida. Lorea y Lara eran distintas, se lo habían currado, habían decidido arriesgarse y apostar por lo que les gustaba.»

No sabía si debía preguntar, así que esperé a que el joven siguiera hablando.

«Cuando venían al bar todo parecía revolucionarse; podían animar cualquier local sólo con su presencia. Conocían todos los ritmos de moda, se sabían todos los bailes… Desde que dejaron de venir, se acabó el ambiente.»

Me mantuve en silencio y con un gesto le animé a que continuara.

«Lorea tenía una sonrisa que despertaría a un muerto, y la mirada de Lara alumbraba tanto como el faro de Matxitxako en una noche sin estrellas…»

Me sorprendió semejante descripción llena de metáforas, y más en un hombre con aquel aspecto. Estaba seguro de que se había sentido atraído por ellas, quizá por una en concreto; tal vez las dos. Él pareció darse cuenta de mi extrañeza. Hizo una mueca de amargura y continuó:

«Pero aparecieron aquellos dos tíos. Y el accidente. Entonces todo empezó a cambiar. Los medios se volcaron en el accidente y barajaron decenas de hipótesis: desde el exceso de velocidad hasta un alto índice de alcohol en sangre. Luego especularon con el hecho de que hubiera sido provocado.»

«¿Provocado? ¿Cómo?», pregunté.

«Dijeron que habían manipulado los frenos. Pero era todo mentira. Tonterías para vender más periódicos… Hasta que finalmente el tema dejó de interesar. Pero a las hermanas todos aquellos rumores acabaron por desarmarlas. Se volvieron calladas, salían menos, se encerraban en casa para que nadie las viera. Incluso dejaron de venir por Bakio. Y un buen día desaparecieron. Entonces algún periódico volvió a especular sobre ellas diciendo que las habían secuestrado. ¿Quién podría querer secuestrarlas? No, simplemente se fueron, prefirieron desaparecer que soportar la humillación de sentirse traicionadas y recordar los lugares en los que habían estado con ellos.»

«¿Con sus novios?», apunté.

«Con los tíos que las habían engañado…», corrigió él. «Aún me acuerdo de la noche del accidente y de la reacción de las hermanas cuando se enteraron. Fue como si su mundo se derrumbara. A mí me extrañó que salieran con aquellos tíos. No iban con su estilo. Pero habían logrado que ellas comieran en la palma de su mano a base de adulaciones y halagos.»

No creí que las hermanas se dejaran adular tan fácilmente y así se lo dije.

«Con los hombres se transformaban. En cuanto un tío les gustaba su mundo se descomponía, incapaces de controlar lo que hasta entonces estaba controlado.»

«¿Les conocía?»

«¿A quiénes?»

«A ellos.»

«Sé que eran de Plentzia y que no me cayeron bien desde la primera vez que vinieron al bar. Les gustaba demasiado el dinero y lo gastaban como si no les importara. Y eso no me cuadraba con el estilo de las hermanas, mucho más prudentes y sensatas. Además, desde que salían con ellos les había cambiado hasta el carácter y habían perdido el interés por las empresas.»

«Pero no dejaron de trabajar», dije, «incluso montaron una fundación.»

«Eso fue meses después de la muerte de los dos hombres.»

No pude evitar que una sonrisa me marcara el rostro: pensé que habían empezado ya entonces a preparar su mutis por el foro, y deseaban dejar las cosas atadas.

«Creo que se dieron cuenta», prosiguió, «de que con aquellos tíos habían dejado de ser ellas mismas y que la mejor manera de resarcirse era organizar algo grande. Y la fundación lo era. O lo seguirá siendo, no sé...»

«¿No han vuelto por Bakio?», pregunté. «¿Sabes si les ha pasado algo?»

El joven frunció el ceño y negó con la cabeza.

«Me dijeron que habían encontrado el cuerpo de una mujer en la playa...,» señalé con cautela, «y que la Ertzaintza piensa que es el de una de ellas.»

«Todo el mundo se asombró cuando comentaron que el cadáver podía ser de una de las hermanas, pero no creo que nadie de Bakio piense así. Llámalo corazonada. Para mí es sencillamente que se han largado, que estaban cansadas de chismorreos y decidieron huir.»

Busqué dar un giro a la conversación:

«En uno de los bares del pueblo me han contado que hay gente que cree haberlas visto en la playa, de noche, o en su chalé…»

«Sí, he oído historias de esas… Mira, hay noches que de aquí salen tíos que serían capaces de ver a Elvis de lo que se han metido. La historia de la playa es una mentira para llamar la atención y atraer a los curiosos.»

«¿Quién podría inventarse algo así?», pregunté.

«No sé, pero lo que tengo claro es que mucha gente pregunta por ellas. En Bakio eran como el mar, indispensables. Sé incluso de gente que ha pensado en organizar un homenaje. Y conociendo al alcalde no me extrañaría que acabase haciéndoles un monumento con aspecto de sirena, o uno de esos monolitos como el que está en el puerto. Pero creo que son sólo historias para tenerlas presentes, porque algunos en el pueblo las echamos de menos. Y porque ellas amaban la playa y amaban Bakio.»

«Y si dos personas aman tanto un lugar», dejé caer, «¿qué razón les impediría volver?»

7

No recuerdo si he comentado que Rosa Regàs me dijo una vez que el ser humano, y aún más el escritor, está unido a sus obsesiones. Desde hacía algunos meses las hermanas Alba se habían convertido en una de las mías. Aquella noche la pasé dando vueltas en la cama sin apenas conciliar el sueño. Puede que fuera por culpa del calor que me había convertido en el robinsón de una isla de sudor o que los acontecimientos parecían adquirir su propio orden, sin que yo tuviera claro cuál iba a ser el final del viaje en el que estaba embarcado.

En una obra, todo ha de resultar coherente, las partes deben casar a la perfección hasta conformar un bloque armónico, sugerente, hermoso. Yo dudaba de que mi novela tuviese esa unidad que la calificase de perfecta y me esforzaba en buscar las frases precisas para que el contenido resultase atrayente y su lectura sencilla. Pedro Ugarte suele decir que los buenos cuentos tienen algo de inspiración y mucho de trabajo; quizá por ello Óscar Alonso, que siempre ha seguido sus pasos, se volcaba a diario en la construcción de sus relatos y esperaba que salieran a la luz, como Sergio Arrieta en su novela sobre el conde de Lautréamont de la que llevaba años hablando y a la que no encontraba un final. José María García Nieto, por su parte, se encerraba en su propio mundo poético sin permitir que nadie entrara en él.

Los autores conservamos en nuestros diálogos cierto componente de angustia vital, una especie de creencia de que las obras no gustarán, que no serán bien distribuidas o que se cubrirán de polvo como fantasmas con aspecto de manuscrito. Yo llevaba casi una vida dejándome seducir por historias sin alma. Ahora, en cambio, tenía la que podía dar un sentido a todo. Y los hechos se iban enlazando como eslabones de una cadena oculta bajo una tierra de oscuridad, pero que necesariamente debía sacar a la superficie. Las hermanas Alba adquirían su propia idiosincrasia, descritas por personas que las habían visto de diferente manera, que las habían tratado, hablado con ellas, compartido breves momentos de su vida.

En todas las conversaciones que mantuve con diferentes personas del pueblo saqué en claro varias cuestiones: que mucha gente de Bakio las conocía, que se habían creado docenas de rumores sobre ellas y que la muerte de sus dos compañeros había sido el detonante de un cambio de actitud. La mayor parte de las personas con las que hablé parecían dar por sentado que se habían marchado. Simplemente. Pero nadie se preguntaba dónde podían estar. Y tampoco creían que el cuerpo hallado en la playa fuese el de una de ellas. De quién entonces, había preguntado yo. Tampoco eso parecía preocupar a los vecinos.

Del accidente ocurrido a los dos novios y a sus amantes poco más pude extraer. Una de las tardes de esa semana subí a la universidad, que contaba con una buena hemeroteca y que me permitió no sólo corroborar que el templo del saber no había cambiado, sino que, además, algunos de los profesores a los que había dejado protestando hacía años por sus condiciones laborales seguían anclados a la puerta de la facultad con idéntica pancarta reivindicativa, pero mucho más viejos. En la hemeroteca, los periódicos de aquel año me confirmaron lo que ya me habían contado: cuatro personas fallecidas en un accidente, el exceso de velocidad y la bebida como posible causa. No hallé nada sobre la rotura de los frenos o sobre la posibilidad de que ambas parejas se hubiesen dedicado al sexo poco antes de morir. Imaginé que ambas hipótesis habrían surgido como rumores entre los habitantes de Bakio, pero que en ningún caso habrían llegado a la prensa.

En agosto, la empresa colocaba el cartel de «Volveremos en septiembre» por lo que a partir del quince de julio no recogíamos más trabajos y los que entraban eran almacenados en una bandeja de cara al nuevo curso. Agosto era, por tanto, nuestro mes de desconexión, un tiempo para olvidar que la vida no es siempre como uno la ha planeado. Ainara contaba también con treinta días de descanso: una oportunidad para dedicar algunos de ellos a visitar distintos puntos de la geografía vizcaína y de paso para recordar cómo eran nuestros cuerpos. Aquellas semanas le permitieron distanciarse de su tortura diaria en la clínica, por lo que aparecía más risueña, lo que contribuía a que disfrutara de su compañía sin tener el trabajo como tema central de conversación.

Ainara recurría a las vacaciones para proyectar su futuro apartada de la clínica. En mi caso, la lejanía de la empresa me regalaba tiempo para completar muchas de las obras que durante el año había comenzado. Mi acercamiento a la narrativa es vocacional, y aunque escribo de noche, tampoco mantengo un horario estricto para hacerlo. Pero es cierto que suelo tener alergia al verano. No soy de los que disfrutan rebozándose en la arena de las playas; odio sistemáticamente a los niños de la palita que juegan a mi alrededor mientras sus padres se hacen los locos. Y me sienta fatal que, teniendo doscientos metros de playa, uno decida extender su toalla a diez centímetros de donde me he sentado yo. Es por ello por lo que, cuando la canícula aprieta, prefiero esconderme bajo las sombras de mi casa a bosquejar futuras historias.

Los que nos dedicamos a la escritura de forma eventual, aprovechamos nuestro ocio para dejarnos llevar por la imaginación. Ya he dicho que, en mi caso, la corrección es la actividad que me ocupa un mayor número de horas. Después de pasar al ordenador lo que he garrapateado a mano, vuelvo a revisarlo y a corregirlo. Por eso digo que soy un escritor lento, porque tardo semanas en dar por buena una hoja. El propio Kepa Murua me había dicho en varias ocasiones que es conveniente dejar reposar una obra, para que la tierra se regenere y el tiempo dé una visión más objetiva de lo escrito. Murua decía que su trabajo como editor le había permitido adoptar una posición distante sobre la obra de los demás y la suya propia. A mí me faltaba esa distancia.

Pensé que podía haber sido un mes proclive a un nuevo acercamiento por Bakio. Pero para qué voy a negarlo: no estaba preparado para enfrentarme a la posibilidad de que alguien comenzara a cuestionarse el porqué de tantas preguntas. Ante semejante perspectiva, se inició mi propio tiempo de reflexión: o seguir con la historia o alejarme cada vez más de ella para no meterme en líos de los que pudiera arrepentirme.

Porque las obsesiones, como apuntaba Rosa Regàs, le pueden a uno y, para qué negarlo, las Alba se habían convertido en una de las mías. Durante muchos años José María García Nieto me había repetido que escribía por necesidad, que el trabajo le impedía dar rienda suelta a su vena creativa, por lo que una vez acabada su jornada laboral, se inyectaba su dosis diaria de literatura. Y era entonces cuando plasmaba sus angustias o sus miedos en una hoja en blanco y con forma de poemas. Para mí, esa misma urgencia de llevar al papel los sentimientos se me hacía insoportable al ver que los días pasaban y era incapaz de escribir una línea.

La diferencia entre un escritor y un artista plástico es que se tiene la posibilidad de seguir la evolución del trabajo del segundo. En algunos casos, como en las antropometrías de Yves Klein, los espectadores contemplaban con ojos atónitos cómo las modelos embadurnaban sus cuerpos de tinta azul ultramar para sellar el lienzo bajo las órdenes del artista. Una obra en directo en la que el resultado se veía mientras se realizaba. El escritor, en cambio, no muestra su obra hasta que está terminada, y al público sólo cuando se ha publicado. Hasta entonces han sido únicamente un conjunto de ideas que ha ido relatando a quien haya querido escuchar. En otras ocasiones ni siquiera eso: muchos escritores no quieren hablar de su trabajo hasta que lo han acabado, como si al hacerlo le estuviesen robando algo de su valor. En mi caso era aún peor: muchas de las personas que me conocían sabían que estaba volcado en una novela, pero del interés inicial por conocer el argumento se pasaba generalmente a la total indiferencia. La mayor parte de mis amigos ni siquiera sabían que escribía para algún medio de comunicación y sólo se acordaban de que me gustaba escribir cuando veían mi careto en los periódicos. Y en la empresa pensaban que escribía porque era un bicho raro que no conocía mejores divertimentos a los que dedicar mis ratos de ocio.

Los escritores contamos, además, con un inconveniente frente a otros artistas: todo el mundo aprecia la labor de un pintor, por ejemplo, pero cualquiera se cree con la capacidad de contar historias; y si no lo hacen, de criticar lo que has escrito, desde el título hasta el desenlace. No les atrae un personaje, les parece poco creíble una relación, dudan de la verosimilitud de ciertas actitudes. Tengo un amigo que dice que todos mis personajes, desde una mujer solitaria a un perro hambriento, se parecen a mí, que observo los acontecimientos sin apenas reaccionar. Me ha llegado a decir incluso que no piensa comprar mis libros cuando se publiquen porque ya habrá leído el manuscrito original. Quizá la amistad consista en expresar siempre lo que uno piensa, pero a veces me sorprende la capacidad de ciertas personas de infravalorar lo que te ha llevado horas construir.

Es curioso el poder de la creación por aparecer cuando uno menos lo espera. Si durante todo el año había buscado algún instante entre el trabajo y el sueño para manchar con mis frases el papel, una vez eliminado el primer inconveniente no me hallaba con ganas de escribir. El calor, que me transformaba en una alambique de perlas de sal, y la pereza obligaban a los días a seguir su ritmo sin que las letras detuvieran su vaivén. Además, en agosto, las publicaciones para las que trabajaba también cerraban por vacaciones, los escritores dormitaban como osos en hibernación estival, no había presentaciones de libros, y mi relación con las amistades literarias se evaporaba. El país se detenía sin que nadie hiciera el más mínimo esfuerzo por darle un empujón.

La cuestión es que durante mis vacaciones no conseguí hilvanar una sola línea, como si en el fondo estuviera esperando a que la historia viniera a mí y necesitase sentir la presión del trabajo para reanudar mi vocación de escritor. Al volver a él experimenté nuevamente la urgencia de emborronar los folios, de apuntar en mi dietario los interrogantes que me faltaban. Tal vez porque la rutina forma una castillo de naipes de estabilidad frágil del que uno ha de escapar para no caer. Y mi escapatoria era seguir imaginando que era capaz de crear mundos paralelos con aspecto de novela. La de las hermanas Alba pasaba por un chalé que seguía perteneciendo a ellas.

Con muchas preguntas jugando a cartas en mi cabeza, el primer sábado de septiembre cogí el coche y me acerqué de nuevo a Bakio. En Bilbao, el calor era sofocante: el famoso viento sur que se instala durante días sobre la ciudad elevando los termómetros a temperaturas propias del trópico, con una humedad muy alta. En el pueblo agradecí la presencia de una ligera brisa que me mantenía alejado de mi propia transpiración y que me llevó a comprender una vez más la razón de que las hermanas hubieran decidido instalarse allí durante el verano.

Como ya sabía, al chalé de las Alba se accedía por una carretera empinada junto al club Kiroleta, que finalizaba en una especie de complejo de casas separadas por vallas y setos cuidados con esmero. En este sentido, el chalé de las hermanas cumplía con todos los requisitos para parecerse a uno más entre tantos. La única diferencia consistía en que la propiedad era la más alejada de la carretera, lo que favorecía cierta intimidad. Pensé que también en aquella cuestión se vislumbraba uno de los rasgos de las Alba: el deseo de mantener alejada su vida privada.

Aparqué el coche a unos metros de la entrada. No había nadie en la zona, pero imaginé que sol y calor eran dos argumentos suficientes como para que todo el pueblo se hallase en la playa. Merodeé por los alrededores al igual que un paseante despistado, contemplando el estilo de cada una de las casas, hasta detenerme frente al que me habían señalado como EL CHALÉ. Así, con mayúsculas, dada la trascendencia que tenía para mí.

Tal como me había dicho aquel viejo del bar, los cristales de la casa reflejaban los gestos de quien se mirase en ellos. Por más que lo intentaba no podía ver el interior, ni comprobar si había alguien dentro. Otro método seguro de proteger la intimidad de sus inquilinos, a lo que se añadía un par de cámaras de vigilancia. A lo lejos, un perro ladraba sin cesar, quizá alterado por mi presencia. Imaginé que la mayor parte de los propietarios buscaban cualquier método para evitar que entraran en sus casas, aunque pensé también que el chalé de las Alba contaba con demasiadas medidas de seguridad para ser una propiedad en la que no vivía nadie.

«¿Busca algo?», me dijo de repente el fantasma de una señora. Mi interés había sido advertido por una de las vecinas, seguramente creyendo que un desconocido tiene todos los boletos para ser un ladrón.

La miré con sorpresa, pero me recompuse al preguntar:

«¿Sabe de quién es este chalé?»

La mujer me analizó de arriba abajo con uno de esos gestos que delatan suspicacia. Después, como intuyendo que no suponía ningún tipo de peligro, dijo:

«Desde hace unos años pertenece a la familia Alba.»

«¿Sabe si está en venta?», interrogué. Quería que pareciera que mi interés por la propiedad era puramente económico.

«Creo que no. Viene gente a cuidarlo todas las semanas», afirmó, «y alguna noche entra el coche de la directora de la Fundación.»

«¿De qué?», pregunté mostrando un falso desconocimiento. Aquella señora podía darme una información que para mí era ya muy importante.

«La Fundación que crearon las dueñas del chalé y que dirige una chica, Aranzazu se llama. Una chica monísima…», añadió como si ese rasgo le impidiera dirigir cualquier empresa. «Suele pasar algún fin de semana por aquí.»

Sonreí. La señora estaba al tanto de todo. Y cada vez quedaban menos piezas por cubrir en el puzle que estaba construyendo alrededor de las hermanas. En concreto, las dos más importantes.

«Ella le podría decir si la casa está en venta», me aseguró la mujer, «pero me extrañaría que así fuera. De todos modos, si desea ver propiedades en el pueblo, están edificando una urbanización junto a la entrada.»

No sabía exactamente qué estaba haciendo yo allí, pero tenía claro que no quería curiosos que controlaran mis movimientos. Y estaba seguro de que la vecina me iba a seguir si no hacía nada por evitarlo.

«Bueno», dije, como si aquella palabra sirviera para dar por finalizada nuestra conversación, «echaré un vistazo. ¿Por dónde se va?»

Escuché sus indicaciones sin prestar demasiada atención. Mis ojos se debatían entre mirar a la señora y observar cada palmo del chalé:

una puerta de madera recia, que servía a su vez de entrada al garaje, los arbustos que cubrían toda la verja y que rodeaban la casa formando un tupido velo verde, el nombre de la propiedad, Neverland, escrito con grandes letras… Muy literario, pensé, pero me sorprendió aquel nombre en inglés en un complejo en el que predominaban los términos en euskera. Una forma de llamar la atención quizá, o un significado oculto, no podía saberlo. Y aquellas ventanas que reflejaban los objetos a modo de espejo.

La mujer hizo un gesto con la mano que me pareció una despedida. Sus ojos me observaban de soslayo, por lo que retrocedí hacia mi coche. No había avanzado ni un par de pasos cuando vi de que una de las ventanas del chalé se había abierto. La brisa había empujado el cristal permitiendo entrever unos centímetros del interior: un indicativo más de que la casa estaba habitada.

Una oportunidad tan clara sólo podía tener un significado. Si había llegado hasta allí, por qué no ir un poco más lejos.

Esperé a que la mujer desapareciera de mi vista para acercarme al chalé de las Alba. Las cámaras de vigilancia permanecían estáticas cubriendo el portón de madera de la entrada. El perro seguía alborotando a lo lejos. Por los alrededores no veía a nadie. Y la señora había desaparecido definitivamente.

Pensé en los siguientes pasos a dar. Podía tocar el timbre y esperar a que alguien me abriera la puerta. No me pareció un buen sistema. O al menos consideré que lo que estaba a punto de hacer me iba a dar mejores frutos. No había otra alternativa. Debía arriesgarme incluso a ser descubierto.

Trepé por la valla recordando los viejos tiempos en los que saltábamos las verjas de uno de los colegios del centro de Bilbao para jugar al fútbol. Me di cuenta de que ya no era un chaval: el esfuerzo para impulsar mi cuerpo por encima de la valla provocó que el corazón se acelerara a mil por hora. Mereció la pena. Cuando finalmente toqué con los pies en el suelo de la propiedad me sentí un hombre distinto. Estaba haciendo lo que creía que me iba a llevar hacia el desenlace de la historia. Y eso me llenó de orgullo. Ahora sólo tenía que procurar no ser visto, porque un sexto sentido me decía que alguien habitaba el chalé, por mucho que la señora aquella me hubiera asegurado que no.

Qué sorpresa pensar que el jardín se encontraría en mal estado, repleto de matojos y hierbajos que impidieran la entrada. Todo lo contrario: el césped aparecía en perfectas condiciones, cortado al ras como en el *green* de un campo de golf, y de un verdor deslumbrante, signo inequívoco de que el agua empapaba con frecuencia aquella tierra. Pequeños arbustos, con aspecto de haber sido podados recientemente, salpicaban con su colorido todo el jardín y se abrían a modo de sendero en dirección a una piscina junto a la que habían extendido un par de hamacas de playa. Las pruebas comenzaban a ser demasiado evidentes.

Anduve entre los árboles encorvado y sigiloso para no ser descubierto y me acerqué con cautela al flanco del edificio en el que había visto la ventana entreabierta.

No fue muy complicado acceder hasta ella y penetrar en una de las habitaciones. Se trataba de un despacho con una mesa de escritorio, varias sillas de madera vieja y un enorme sillón de cuero negro. Sentí que los nervios me agarrotaban: estaba colándome en una propiedad privada y podía ser descubierto. Tampoco había pensado en una excusa creíble que justificara mi presencia. Tan sólo me había dejado llevar por unas irrefrenables ganas de saber.

Intenté calmarme: una sensación de bienestar recorrió a modo de cosquilleo toda mi piel. Noté de repente que no hacía calor. He mencionado que en la calle se experimentaba una bofetada húmeda y sofocante, sólo aliviada por la brisa marina. En el cuarto, en cambio, la temperatura se mantenía estable, seducida por un climatizador. Un detalle más que ratificaba lo que ya creía.

Las paredes estaban llenas de cuadros con diplomas, galardones y fotografías que no pude dejar de admirar. En una de las imágenes se veía a las hermanas junto a Isabel Fernández e Itziar Martínez a bordo de un yate. Recordé la foto que me había bajado de la web de la Fundación. Ambas pertenecían al mismo día. A su lado colgaba otra en la que se veía a tres mujeres: Lara Alba cubierta por un disfraz anaranjado de tigresa agitando su enorme cola; su hermana vestida como una colegiala descarada, con la falda muy corta y unas trenzas de color rojo sangre; Aranzazu Reyes con un ajustado traje de vinilo negro y un antifaz, con una de las manos abierta para mostrar sus afiladas uñas. Muy propio, pensé. «Ihauteriak», se leía en un cartel a sus espaldas. Me acordé del hombre del CeroUno cuando decía que las hermanas eran capaces de animar con su presencia cualquier fiesta. De haber estado yo en aquellos carnavales, habría hecho lo indecible por intentar conocerlas.

En una de las paredes del despacho reposaba una alacena repleta de cedés, en su mayoría de música pop española. A su lado, un gran armario cuyas baldas se cubrían de libros y archivadores con indicaciones sobre su contenido: «Fundación», «Grupo Ítaca», «Xanadú». Allí estaban almacenados los tres ejes fundamentales de las empresas Alba. En un último archivador aparecía en letra muy gruesa la palabra «Proyectos». Qué hacer, era la pregunta que me molestaba desde que había entrado. No me había preguntado hasta entonces quién controlaba todos los negocios. Quizá Aranzazu Reyes. Ella parecía ser la mano derecha de las hermanas y el nexo de unión entre las empresas que, por lo que veía, tenían proyectos de futuro.

Saqué el archivador con cuidado, sabiendo que su lectura me brindaría nuevas pistas; pero al hacerlo el mueble tembló levemente y una pequeña figura con forma de llama se precipitó al suelo.

Cloc, fue el sonido del objeto al caer. Dios, fue la exclamación que no logré reprimir agachándome para corregir mi error.

No estaba haciendo las cosas bien, me dije. Si seguía así pronto tendría a todo Bakio metido en el chalé. Recogí la figurita y la coloqué sobre el armario. Luego empujé el archivador con cuidado hasta devolverlo a su posición. No podía arriesgarme a cometer más errores, así que decidí salir.

Por una puerta entornada entré en un salón con dos grandes y luminosos ventanales que daban a la piscina. El suave movimiento de sus aguas cristalinas me indicó que la depuradora estaba en marcha.

Desde el salón podía contemplarse toda la playa, el azul intenso del mar, la ermita de San Juan de Gaztelugatxe a lo lejos. Aquella panorámica, casi una postal, también me hizo entender muchas cosas. Pero recordé de pronto que cerca de allí era donde habían muerto los novios de las hermanas. Contemplar a diario el lugar en el que se había destapado su infidelidad no me pareció un recuerdo grato.

Unas escaleras de madera conducían al piso superior. Junto a ellas, tres puertas daban paso a otros tantos espacios. El primero, el despacho del que había salido; un segundo cuya puerta de cristal me hizo pensar en la cocina y un tercero que imaginé sería un aseo. Al fondo, una cuarta puerta servía de salida a la calle. Normalmente, los dormitorios están en el primer piso, pensé. Opté por las escaleras.

Subí despacio, procurando no hacer ningún ruido, incluso aunque los escalones de madera emitieran un quejido intermitente. El chalé se hallaba en condiciones impecables. Sin una pizca de polvo. La temperatura en su justa medida para no pasar calor. El despacho en orden para que cualquiera se sentara a trabajar. El jardín recién podado. La piscina dispuesta para el baño. La señora me había dicho que Aranzazu Reyes pasaba algunos fines de semana en la casa. Pero mi imaginación me decía que eran otras personas las que ocupaban sus habitaciones.

Varias puertas me marcaron las siguientes posibilidades. Al abrir la primera, con cuidado, como si temiese encontrarme a alguien en su interior, dos enormes camas señalaron la equis en el mapa del tesoro.

¡Estaba en el dormitorio de las hermanas Alba!

Después de varias semanas tras su pista me había colado en su chalé y en su dormitorio. Un violador de intimidades, pensé satisfecho girando sobre mí mismo para intentar captar con la mirada el mayor número de objetos. Me extrañó la ausencia de cuadros en las paredes, en contraposición con lo recargado del despacho. La única decoración existente era un armario ropero y un tocador con un gran espejo. Sobre el tocador reposaba una única fotografía de las dos hermanas de nuevo junto a Aranzazu Reyes, aquella Barbie vestida para seducir. Me acerqué a él y abrí uno de sus cajones. El interior estaba repleto de objetos comunes: cepillos que habrían sido un lujo para cualquier CSI, frascos de crema, cajas de maquillaje y distintas clases de perfume y productos de cosmética. En el segundo cajón descansaba la ropa íntima. Lo cerré con rapidez. Ver la ropa interior de una mujer es como desnudarla, pensé recordando una frase de Sergio Arrieta. Abrí el tercero: camisetas, jerséis y otras prendas de vestir. En uno de los laterales se apilaban varios sobres de los que extraje algunas fotografías. Las cogí con cuidado, procurando no dejar impresa ninguna huella. La mayoría pertenecían a las hermanas en distintos momentos relacionados con la Fundación. Sin embargo, una de las imágenes me resultaba extraña: las hermanas posaban junto a un joven de rostro desencajado, como si hubiera estado bebiendo. Agarraba de la cintura a Lorea, que miraba a la cámara con una gran sonrisa. Lara, por el contrario, lo observaba de soslayo. La imagen desentonaba dentro del conjunto de instantáneas sobre la Fundación. Pero había algo más. La mirada de Lara parecía estar construida de dudas y recelo, como si no se fiase del hombre que sujetaba a su hermana. Cogí la foto e hice algo de lo que podía arrepentirme: la guardé en un bolsillo. Luego devolví las restantes a su sitio y cerré el cajón.

De pronto, escuché un ruido, cercano, como el crepitar de unos maderos en el fuego. Di un respingo, asustado, y me apoyé con fuerza sobre el tocador en un intento de centrar todos mis sentidos en el oído. Sentí que la piel se me erizaba y que millones de cristales se rompían por todo mi cuerpo. Había alguien en la casa, en el piso inferior en el que pocos minutos antes había estado.

No sé si alguien puede estar sin mover un solo músculo. Durante unos segundos conseguí hacerlo. Los pasos se acercaban ascendiendo por las escaleras. Un sinfín de pensamientos convirtieron mi cabeza en un bullir de grillos. Había una persona a tan sólo unos metros del dormitorio. No sabía qué hacer, dónde esconderme. Me eché en el suelo, a los pies la cama. Despacio... La madera del suelo seguía gruñendo tras la puerta del dormitorio. Y de improviso un silencio, largo, de segundos transformados en minutos.

Cerré los ojos, como un crío que se esconde de una realidad que no desea ver, con una de las orejas pegadas al suelo en un beso frío. Sentí que la puerta se abría, el movimiento del pomo, el roce de la madera, el aire que había sido alterado por otra presencia a pocos metros de mi escondrijo.

Y de nuevo un silencio.

Transcurrieron unos segundos en los que apenas me di el lujo de respirar. Mi corazón palpitaba como si disparase sangre con una ametralladora. Notaba la presión sobre las sienes y unas gotas de sudor frío por toda la frente. Qué podía hacer si era descubierto. Cómo justificar mi presencia en aquella habitación. No lo sabía, aunque mis hipótesis habrían de esperar: la puerta se cerró y la madera transmitió su quejido por el pasillo que conducía al resto de habitaciones. Minutos después los pasos descendieron de nuevo hacia la planta baja.

Permanecí tumbado en el suelo hasta que creí que había pasado el peligro. No había hecho bien, me dije. Porque para qué vamos a engañarnos, aquella historia era tan sólo una excusa para escribir, no una razón para ser detenido por allanamiento de morada. Pensé en la vecina que me había visto merodear por el barrio, en una llamada telefónica y en mi rostro retratado en una foto en una comisaría. Muy cinematográfico, me dije. Pero probable. Me levanté y salí del dormitorio atenazado por el miedo a que me descubrieran. Mantenía todos mis sentidos en alerta, con el temor de que en cualquier momento apareciera una persona por cualquiera de las puertas.

Estaba atento a tantas cosas que no fui capaz de sentir la figura que por la espalda me golpeó en la cabeza.

8

Leí en una ocasión que Tom Sharpe suele llevar consigo un cuaderno en el que escribe su diario, páginas de futuras novelas, ideas que le asaltan, todo unido conformando un sistema caótico y confuso, cuyo sentido sólo el propio autor era capaz de explicar. Yo había cogido la costumbre de usar un dietario en el que almacenaba desde tarjetas de visita hasta fotografías que iba pegando en sus páginas a modo de *collage*. Con la entrada en escena de las hermanas, la agenda se había convertido en el espacio en el que plasmaba cada nuevo descubrimiento en el desarrollo de la historia: las reuniones con Sergio Arrieta, el encuentro con Aranzazu Reyes, la visita a las dos empresas Alba, la llegada a Bakio, algunas de las informaciones que había conseguido recabar... Había llegado a escribir que el cadáver aparecido en la playa era el de una de las hermanas, como señalaba el periódico, y que toda la trama escondía una relación de celos, de amores tempestuosos o imposibles, de odios codiciosos, de crímenes fratricidas. Pero entre aquellas anotaciones en ningún momento me planteé la posibilidad de que, al despertar, me sentaría frente a ellas, las miraría a los ojos y observaría sus reacciones.

«Señor Pilares, ya era hora de que nos viéramos las caras.»

Las hermanas me miraban con un gesto que no pude descifrar: no sabía si en sus labios se dibujaba una mueca de diversión o si, por el contrario, era tan sólo de incertidumbre. Creí que estaban dejando pasar los segundos para ver cómo reaccionaba hasta que me sobresaltó ver a Aranzazu Reyes. La Relaciones Públicas de la Fundación sujetaba con fuerza una pistola, quizá con la que me había golpeado. La vi hermosa, bronceada por el sol de Bakio, con las piernas torneadas, largas como la sonrisa que las tres mujeres me dedicaron. De las hermanas apenas logré calibrar la belleza que ya había visto en fotos. Mi satisfacción por haberlas encontrado era más importante que la primera impresión que me pudieran transmitir. Y mis ansias de conocerlas aún más grandes. Además, la presencia de aquella pistola no me hacía presagiar nada positivo.

Me dolía la cabeza. Es curioso, un golpe certero me había llevado al mundo de los sueños. No sé cuántos habría tenido que dar yo para conseguir idéntico objetivo. Aranzazu era una caja llena de sorpresas.

«Sentimos haberle lastimado, pero comprenderá que está usted en nuestra casa.» Habló Lara. Su voz era reposada y dulce, como el sol en primavera. Y pensé que ella buscaba que yo asintiese a su frase.

Me palpé el golpe. Me estaba saliendo un buen chichón.

«No imaginábamos que fuera usted capaz de llegar hasta aquí», continuó la mujer, «y que se atreviera a entrar en el chalé.»

«Yo tampoco», bisbiseé. En mi cabeza flotaban sin orden mil interrogantes derivados de aquella situación: mi presencia en el salón, el arma que sujetaba Aranzazu, la desaparición de las hermanas cuyo secreto estaba a punto de desenredar.

Siempre he creído que me comunico mejor a través del papel: las palabras nunca se juntan del modo que deseo cuando tengo que enfrentarme a un público. En aquella ocasión tampoco lo hicieron. No fui capaz de decirles nada que sirviera para abrir la conversación. O mejor dicho. Sólo pude articular dos palabras:

«¿Por qué?»

«¿Por qué le apuntamos con una pistola o por qué no queremos que nadie se entere de que estamos aquí?», preguntó a su vez Lara.

«Cualquiera de las dos me sirve», dije; «pero me gustaría saber por qué forzaron su desaparición. Llevo meses buscando un motivo.»

«En realidad no lo hubo. O hubo muchos, ya me entiende… Pero si quiere uno solo puede servirle el hecho de que nos habíamos cansado de la vida que llevábamos, de tener que rendir explicaciones de lo que hacíamos o dejábamos de hacer. Puede parecerle banal, pero así fue. Y de la dependencia que nuestras actividades tenían de los medios. Uno existe porque aparece en ellos. Por mucho que se empeñe en levantar proyectos con valor en sí mismos, si los medios de comunicación no se hacen cargo de ellos no existen. Se difuminan entre toda esa cantidad de actividades anónimas. Nosotras tuvimos suerte. Teníamos dinero, contábamos con apoyo mediático, nuestro trabajo tenía una repercusión pública. Pero llegó un momento en el que nuestras vidas se convirtieron en una razón más para escapar.

Carraspeé. Por algún motivo la explicación que me estaba ofreciendo no me satisfacía, como si de todo aquel asunto hubiera esperado otro tipo de motivaciones.

«Y luego estaba un hecho aún más evidente», continuó ella. «No se nos valoraba por lo que hacíamos sino por el dinero que habíamos conseguido. Y este ni siquiera era nuestro, formaba parte de una herencia cobrada por la desgracia de la muerte de nuestros padres... Con los hombres fue igual. El detonante fue entender que tampoco Gaizka y Lutxo habían sido honestos con nosotras. Sólo eran fieles a nuestro dinero...»

Hasta ese momento no me había preocupado por los nombres de sus dos compañeros. Podía haber escuchado otros y me habrían parecido igual de insignificantes.

«...De no haber sido por aquel desagradable...», Lara pareció titubear, «...accidente, no nos habríamos enterado de que nos engañaban. O lo habríamos sabido ya muy tarde. Pero nos dimos cuenta de que durante meses lo habíamos hecho todo mal, habíamos perdido el interés por aquello que nos unía a nuestros apellidos, descuidamos las empresas y nuestra propia personalidad para seguir a dos hombres que no se lo merecían. Y que finalmente habían muerto. Una enorme decepción que nos abrió los ojos: las juergas y la cama para sus amantes; el dinero y la vida social para nosotras. Es cierto que nos costó entenderlo. Durante meses sólo pudimos encerrarnos en nuestro propio dolor, aunque es una palabra que no me gusta usar. Más bien diría decepción. No sé si fue en aquel momento cuando decidimos desaparecer o si lo veníamos rumiando desde hacía tiempo. Fue sencillo y nos salió bien. El interés de los medios es limitado. Y nosotras, en el fondo, seguíamos presentes a través de nuestras empresas y de la Fundación. Controlábamos lo que se hacía gracias a varias personas de confianza, en especial Aranzazu. Creo que ya se las apañó para conocerlas a todas.»

Miré a Aranzazu un segundo. Ella parecía disfrutar de todo aquello, de su apoyo incondicional a las hermanas y del hecho de que nos encontrásemos allí. Lorea, sin embargo, permanecía callada, con el rostro serio y distante. Pensé que, de las dos mujeres, Lara era la que hablaba y Lorea la que decidía. Y viendo a Aranzazu, no tenía ya ninguna duda de que ella era la que ejecutaba. Y por algún motivo no me gustó el término que yo mismo había elegido para explicar la actividad de la responsable de la Fundación. Aun así, hice un gesto afirmativo y la animé a que siguiera. Me sentía parte de su historia, de un argumento que estaba ansioso por exprimir.

«La desaparición fue fácil. Lograr que los medios hablaran de ella también. Incluso que barajaran hipótesis delirantes como el secuestro por parte de ETA o de delincuentes comunes. Es increíble lo que un periodista puede escarbar en la vida de una persona para acabar escribiendo informaciones intrascendentes y sin rigor… Pero cuando nadie reivindica nada, ni se informa de nada, las noticias van pasando de portada a página impar interior y de ésta a un discreto breve en sociedad. Y en realidad vivimos en una provincia en la que la política desbanca cualquier otra información… Luego fueron ustedes los que se convirtieron en un problema. Su interés por la Fundación, sus preguntas y en cierto modo también su inocencia… No existía ningún medio que se denominase *Bilbao Digital*. Eso lo supimos al día siguiente de su reunión con Aranzazu. ¡Con lo fácil que hubiera sido recurrir a un medio real!»

«Y yo que había pensado que la de Sergio era una buena excusa…», dije dibujando un sonrisa que mostrara mi total acuerdo con su argumentación.

«Tenía que haberme dado cuenta en seguida», se disculpó Aranzazu, «de que aquella no era una entrevista en condiciones. Su amigo estaba más pendiente de mi escote que de lo que les contaba. Y usted no hacía el más mínimo gesto por apuntar lo que decía, no llevaba grabadora, parecía ausente…»

«Fue esto lo que verdaderamente nos chocó», prosiguió Lara. «Dos personas interesadas por la Fundación que recurren a un medio de comunicación inexistente y que preguntan con insistencia no por sus actividades, sino por sus promotoras. Y ustedes ni siquiera eran periodistas, al menos en el sentido estricto. En su caso es cierto que trabaja de forma esporádica para algún medio pero ninguno de ellos le había encargado un reportaje sobre la Fundación. Y menos sobre nosotras. Esto nos sorprendió aún más. Había un tipo que estaba buscándonos DE VERDAD. Preguntando sobre nuestra vida como algo personal. Por primera vez en mucho tiempo una persona nos buscaba no por nuestro dinero sino por nosotras mismas. Admito que nos llenó de orgullo. O de esperanza, no sé cómo explicarlo. En fin… Nos extrañó. Pero su presencia era incómoda y su insistencia molesta. Lo mejor que podíamos hacer era intentar asustarle. Quizá cometimos un error al pensar que nuestra advertencia le apartaría de nosotras. Por eso, su llegada a Bakio comenzó a ser preocupante. Removía el recuerdo entre nuestros vecinos y sacaba a relucir aspectos de nuestra vida que preferíamos mantener olvidados. Pero la gota que ha colmado el vaso ha sido saber que había entrado en el chalé…»

Fruncí el ceño. El rostro de Lorea se había transformado en una máscara fría que no me sedujo lo más mínimo.

«Imagino que las cámaras de la puerta me han delatado, ¿no?», dije para restar importancia al hecho de que yo estuviera allí.

«Las cámaras no funcionan desde que las pusimos, pero no se puede imaginar el efecto disuasorio que tienen… Evitan intromisiones impertinentes. A excepción de la suya, claro… Ha sido la figurita de madera.»

«¿Qué figurita?», pregunté indeciso.

«En uno de los armarios del despacho tenemos una pequeña figura con forma de llama. Nos la trajo nuestro padre de uno de sus viajes a Argentina. Se le ha debido de caer cuando enredaba en nuestro despacho…»

«Estaba en el garaje cuando he escuchado un ruido», señaló Aranzazu; «al subir al despacho he visto la ventana abierta y que alguien había estado enredando en los ficheros del armario. Además, la figura de la llama tenía una de las orejas rotas. Sólo podía ser una persona: aquella que se había interesado tanto por Lorea y Lara. Luego he sentido ruidos en el piso superior, en las habitaciones, y he atado cabos, como suele decirse.»

«Pero esto nos plantea el problema de qué hacer con usted. Y francamente, no lo sé», dijo Lara; «de momento queremos que nos devuelva la foto.»

«¿La foto?», dije en un intento de mostrar perplejidad.

«La que se ha llevado de nuestro dormitorio.»

Asentí resignado y se la entregué.

«Me extrañó verla entre las demás. En particular la mirada de Lara a su novio», apunté en un intento de rellenar alguna pieza más del puzle que me había llevado hasta allí.

Lorea ejecutó una breve mueca.

«Desde el primer momento, mi hermana pensó que Lutxo estaba conmigo sólo por el dinero. Para este tipo de cosas siempre ha sido la más perspicaz. Aunque es verdad que no intuyó lo mismo de Gaizka…» Entreví en sus palabras cierto tono de acritud. «Algunas noches veo la foto y me pregunto cómo pudimos ser tan tontas», añadió; «cómo no acabamos con aquello mucho antes…»

«¿Y no era más fácil dejar las cosas como estaban? Es decir, no hacer creer a todo el mundo que habían desaparecido, sino simplemente dejar de acudir a los actos… Pasar desapercibidas, sin más. Como muchos de nosotros.»

«Puede. Pero nuestras actividades seguían su curso. Cuando creamos la Fundación fue para dejar las cosas bien atadas. No queríamos que otros hombres se aprovecharan de nosotras y de nuestro dinero. Con la Fundación, todo el dinero se reinvertía en actividades paralelas sin necesidad de que llegase a nosotras. De esta forma podíamos desentendernos de los negocios, que seguían su ritmo. Pero esta nueva realidad supuso que cada vez nos requiriesen en más eventos: algo con lo que no habíamos contado. Y la desaparición sirvió de publicidad gratuita para el taller y el salón de belleza. Lo que nos interesaba era que nuestra vida personal se librara del lastre de nuestros negocios, pero sobre todo del engaño que suponía nuestra fortuna para nuestras relaciones.»

«Nosotras nunca dijimos que ellas hubieran desaparecido», apuntó Aranzazu. «Un medio de comunicación lanzó de repente la noticia de que ya no se las veía en ningún acto público. Después corrió el rumor de que las habían amenazado y habían huido.»

«En poco más de un mes, algunos periódicos locales se hicieron eco de que nadie sabía nada de nosotras. Y aprovechamos la oportunidad para desaparecer. Al principio hasta que se calmara todo. Luego, las semanas se fueron alargando hasta que preferimos dejar las cosas como estaban...»

«Pero eso haría que se privasen de muchas cosas», insistí.

«De ningún modo. Seguimos haciendo una vida normal pero en otros lugares. No podíamos dejar Bakio: tenemos muchos recuerdos guardados en esta casa; ni Bilbao, donde hemos crecido y se desarrolla toda nuestra actividad profesional. Pero preferimos instalarnos en otras ciudades que nos permitieran avanzar personalmente.»

«¿Dónde?», pregunté.

«¿Qué más da eso ahora?», cortó Lorea, y por un instante me extrañó el tono seco de sus palabras.

«La aparición del cadáver fue un auténtico contratiempo», continuó su hermana. «¿Quién hubiera podido prever que nos relacionarían con el cuerpo de una mujer encontrado en la playa? Nadie en su sano juicio hubiera pensado en esa posibilidad. Seguramente, tampoco el periodista que escribió el artículo. Pero suponemos que era más interesante informar sobre la aparición de un cadáver de alguien medianamente conocido que de una bañista anónima. Y es fácil poner en boca de la policía una frase si se saben hacer las preguntas adecuadas. Queremos creer que fue un cúmulo de circunstancias. Cuando Aranzazu vio el periódico se puso en contacto inmediatamente con nosotras. Desde la Fundación se hace un rastreo diario de todas las noticias que se publican sobre nosotras. Es una forma de controlar la información para desmentirla o puntualizarla más tarde. De este modo supimos que era una noticia de la que sólo un medio se había hecho eco: para el resto se trataba de un cadáver más, sin nombre y apellidos»

«¿Y de quién era entonces el cuerpo?», pregunté.

«¿Acaso eso es importante?», sentenció Lorea.

Las miré con una sonrisa amarga. Ellas me respondieron con otra mueca cubierta de miles de significados. ¡Y pensar que había sido el cadáver el detonante de que me involucrase en aquella historia! Aunque, realmente, importaba poco de quién se trataba. Recordé entonces el término *macguffin*, utilizado por Hitchcock para definir aquellos elementos trascendentales en el desarrollo de sus películas pero cuya relevancia nunca se explicaba.

«¿Y la playa?», murmuré a modo de interrogación.

«¿Qué pasa con la playa?», dudó Lara. Luego asintió al comprender el sentido de mi pregunta. «Una noche cometimos la torpeza de bajar a bañarnos a Peñas Rojas, una zona apartada de la playa de Bakio. Era una de esas noches sofocantes que suele traer el verano. Y era una de las pocas cosas que echábamos de menos de nuestra reclusión. Y ya ve, para una vez que lo hicimos tuvimos la mala suerte de que nos reconociera un vecino.»

«Pero luego nosotras mismas nos encargamos de exagerar el encuentro haciendo que se tiñese de falsedad.» Fue Lorea la que recalcó este hecho, y lo hizo con un tono de orgullosa picardía, como si le hubiese resultado divertido mostrar al pueblo su imagen de sirenas bañándose desnudas bajo la luz de la luna. «Al cabo de unas semanas nuestra presencia en la playa se había convertido casi en una leyenda de la que pocos podían saber cuál era la verdad.»

«Pero no podían estar siempre así. Al final alguien se preguntaría por ustedes como lo hice yo, o las volverían a ver. Y entonces sí que tendrían que contar muchas cosas. La prensa les acusaría de haber mentido a la opinión pública, de haber utilizado su desaparición para impulsar sus negocios.»

«Y una Fundación, no se olvide», remarcó Lara, «que está favoreciendo el surgimiento de grandes artistas y en la que hemos volcado todo nuestro trabajo y dinero. No fuimos nosotras las que organizamos este *montaje*, si quiere llamarlo así. Fue la propia prensa la que se dedicó a hinchar el globo con noticias que no lo eran.»

«Nunca dijimos que las hermanas hubieran desaparecido, ni que las hubieran secuestrado, y mucho menos que hubieran muerto», insistió Aranzazu. «Siempre que se hablaba de su desaparición empleábamos términos neutrales como marcha, ausencia, para no caer en el error de agrandar una mentira en la que no deseábamos participar. Pero lo que intentábamos era evitar que se supiera que ellas seguían aquí.»

«Y no teníamos por qué explicar dónde estábamos, ni qué hacíamos con nuestras vidas. Precisamente era eso lo que queríamos proteger.»

«Pero algún día tendrían que volver…», exclamé para romper su argumentación.

«Y habíamos pensado en ello. Queríamos que nuestra aparición se produjese de manera paulatina. Y que fuese el tiempo el encargado de echar tierra sobre la noticia de nuestra desaparición y la de los cuatro muertos. Quién sabe: si pasasen suficientes años, no haría falta nada porque ya nos habrían olvidado.»

«¿Y ahora?», pregunté señalando el arma que blandía Aranzazu.

«Ahora depende de usted… En realidad, todas nuestras empresas tienen una cabeza visible que nos permite vivir alejadas de todo.»

No entendía y se lo dije.

«Nosotras sólo queríamos que nos dejasen en paz», apuntó Lorea. «Al menos una temporada hasta que se aclarase nuestra situación personal. No queríamos estar en el punto de mira de nadie ni sentirnos observadas por nadie.»

«Y yo quería contar su historia…», señalé; «saber si su desaparición era o no real. Conocer sus motivaciones. Y ahora sé que ya la tengo aunque les pertenezca.»

Volvieron a llenar el salón con la melancolía de su sonrisa. Me habría quedado durante horas admirando a aquellas atractivas mujeres recubiertas de misterios.

«Comprenderá que no podemos permitirle que lo haga», afirmó Lorea. «No nos conviene que lo que ha descubierto se difunda. Como usted dice, su historia nos pertenece porque es nuestra, forma parte de nuestro derecho a la intimidad. Sin olvidar el hecho de que ha entrado en una propiedad privada sin permiso. Pero como le ha dicho mi hermana, su interés nos llenó de orgullo, tuvimos la sensación de que volvíamos a ser valoradas por aspectos que nada tenían que ver con el dinero. También por eso nos decidimos a hablar con usted: para contarle lo que quiera saber. Pero sabiendo que nos dejará en paz definitivamente.»

No recuerdo quién me explicó que nunca escribía una obra sin saber cuál iba a ser el final. Todo lo que yo había escrito hasta entonces se basaba en aquella premisa: siempre tenía presente lo que iba a hacer con los personajes, si iban a morir, a reconciliarse, a sufrir… Esbozaba un esquema mental en el que lo único que tenía claro era el inicio y el desenlace. Una estructura clásica en la que lo más difícil era enlazar los elementos que conformaban el nudo.

Con las Alba, los acontecimientos se habían ido desarrollando sin orden, motivados por esas hadas a las que recurría Sergio Arrieta para explicar ciertos acontecimientos o ese azar al que una vez Mikel Jáuregui definió como el pilar fundamental de la vida.

Qué curioso el azar y a qué juegos más absurdos predispone. Tanto tiempo tras la pista de las Alba para percatarme de que eran ellas las que en todo momento habían seguido la mía y de que mis pasos eran más el fruto de un dios travieso que de un verdadero análisis de las circunstancias. Tal vez por eso, no me extrañó que su historia fuese una sencilla concatenación de hechos. En el fondo, nuestras vidas son sólo eso, una suma de azares. Y yo había entrado en la de Lorea y Lara a partir de la frase de un amigo, en un bar mientras bebíamos y nos lamentábamos de lo mal que iban nuestras carreras literarias. Una noticia del periódico me había puesto tras su pista. Y al cabo de unos meses, había podido aclarar algunos de los hechos que las llevaron a querer pasar desapercibidas, ser anónimas en su mundo de oropeles e hipocresía. Por eso mismo tampoco me extrañó ver el arma que me apuntaba indicándome que me levantara.

«¿Qué van a hacer?», pregunté. Y yo mismo noté que en mi pregunta había un leve tono de resignación. No podía creer que me viera vuelto en aquella situación, y mucho menos que una de las hermanas apretara el gatillo o que se involucraran en un crimen. Quizá sí, quién podía saberlo. Tal vez el accidente de sus novios hubiera sido otro intento planeado de acabar con una existencia que les disgustaba.

«¿Cómo finalizaría su historia?», preguntó de pronto Lorea.

«No lo sé aún. Nunca he sido bueno poniendo títulos o creando finales. Pero en mi novela no sería creíble que las dos hermanas manejaran un arma.»

Intentaba buscar una salida digna a aquella situación.

«Y en la vida real tampoco», apuntó Aranzazu. «La pistola la tengo yo. Porque en el chalé me encontraba yo cuando escuché un ruido y noté la presencia de un intruso en el despacho. Cogí la pistola y me defendí como pude. Es una explicación creíble para la policía y los medios.»

Sonaba bien. Para qué voy a negarlo. Incluso yo mismo hubiera recurrido a esa excusa para ellas. Y hubiera sido un buen desenlace para acabar con un intruso.

«¿Saben lo que creo?», dije en otro intento de salir con dignidad y con vida de allí. «Creo que, incluso así, aún no me han contado toda la verdad. ¿Por qué si no me amenazarían con un arma? Es absurdo.»

«Es muy sencillo», afirmó Lorea. «Usted se metió en nuestras vidas, sin permiso, colándose en nuestra casa, apropiándose de esta fotografía, pero sobre todo intentando apropiarse de parte de nuestra vida y avivando algunos recuerdos que creíamos olvidados. Pero no piense que le guardamos rencor. Ya le he dicho que su interés nos llenó de orgullo, por eso le vamos a brindar una posibilidad. Nos gustaría pensar que se olvidará de todo, pero sabemos que no es así. No lo hizo cuando le recomendamos que nos dejara en paz. Y sabemos que no va a hacerlo por mucho que le amenacemos. Creemos que no lo hará por mucho que le apuntemos con un arma… Si decidimos marchar fue para que nadie nos siguiera. Ni la prensa, ni los curiosos. Y entre estos últimos se encuentra usted.»

Decidí jugar todas mis bazas.

«No sé cuándo se enteraron de que aquellos tipos las engañaban, pero no fue desde luego la noche del accidente», afirmé con rotundidad. «Quizá lo descubrieron días antes, o meses, quién sabe. Y quizá fue también por una bendita coincidencia, como todas las que me hicieron preguntarme por ustedes. Creo que planearon el accidente, que buscaron la manera de manipular los frenos, tal vez incluso sabían la fecha más adecuada, en cualquiera de las fiestas locales que se celebran en verano. Ahora todo eso tampoco me interesa. Porque mi interés desde el principio fue llegar a conocerlas, saber si existía una razón. Y ya sé que sí. Y desde luego una razón bastante más poderosa que el hecho de que decidieran marcharse porque sí.»

«No hay nada peor para una mujer que descubrir con otra a la persona que ama», sentenció Lorea. «Puede que haya mujeres que se resignen a ello, pero creo que nunca ha sido ese nuestro carácter.»

Podía ser, me dije. Y comprendí que su frase sólo ratificaba lo que yo creía.

No les hice más preguntas, quizá porque la posibilidad de conocerlas había sido ya bastante premio, o porque creía que me habían brindado material suficiente para escribir una obra en la que se mezclasen todos esos elementos que conforman nuestra existencia. O sencillamente porque ellas no me permitieron más oportunidades. Pero cuando vi que Aranzazu Reyes seguía apuntándome con el arma pensé en la enorme suma de azares que pueden hacer que una persona acabe arriesgando su vida. Yo lo había hecho por una historia, por construir un argumento que tampoco entonces me resultó especialmente narrativo. Había pasado meses tras una pista que me llevase a desmadejar una pequeña parte de aquellas dos hermanas. Y de su compañera que estaba a punto de jugársela por ellas. Y me pregunté si merecía la pena. Porque cuando escuché la primera detonación tuve la certeza de que aquello se acababa. Y que de mi historia sobre las

Alba sólo quedaría un dietario con las anotaciones que había apuntado hasta entonces. Y una carpeta con su nombre que nadie abriría para escribir el final.

Otros títulos de la Editorial Raíces Latinas

www.ingramcontent.com/pod-product-compliance
Lightning Source LLC
Chambersburg PA
CBHW052008170626
46808CB00007B/2834